Rumbos

Gabriel González Núñez

A mi bienamada Cecilia,
compañera consecuente en este viaje
que hemos emprendido

Agradecimientos

Son escasos los libros que existen por el esfuerzo de una sola persona, y este no es uno de esos. Procedo, por tanto, a expresar algunas gratitudes. Agradezco a Daiana, mi hermana, y a Zulma, mi mamá, que se leyeron prácticamente cada uno de los cuentos que aquí aparecen a medida que iban saliendo del horno y aportaron comentarios para su mejora. Agradezco también a Rossy Lima, que creyó en la voz que surge de estos cuentos lo suficiente como para dedicarle tiempo, esfuerzo y recursos a editarlos.

Índice

Rumbos de aire

14

El viaje que no se dio

Me topé con mi amigo en una calurosa tarde de febrero. Lo vi sentado en el cordón de la vereda, con la mirada perdida y fumando un cigarro. Lo saludé y me devolvió el saludo sin mirarme, llevándose el cigarro deliberadamente a la boca. Nunca había visto a mi amigo sentado de esa manera, ojeroso y con la cara demacrada. Me le acerqué. Le dio una pitada más al cigarro, y sin decir nada, soltó el humo.

Me preocupó su actitud distante como el horizonte huidizo, así que me senté a su lado. Nos quedamos un par de minutos en silencio, mirando pasar los autos perdidos. Al final le dije:

—¿Qué pasa, flaco? Estás como ido.

Me miró a los ojos, clavándome una mirada profunda como las fauces del abismo, y con una sonrisa forzada me empezó a hablar:

—¿Vos sabías que mi viejo construyó un boeing en el garaje de la casa? No creo, porque nadie lo sabía. Por eso teníamos tremendo garaje, del tamaño de un hangar, en el fondo. Y como vivíamos en las afueras a nadie se le ocurrió preguntar que para qué teníamos un hangar donde cualquier otra familia hubiera tenido una parra. Ni tampoco nadie nos preguntó nunca para qué era la pista de tierra que salía del garaje tan enorme y se perdía en el campo. Nadie nos preguntó porque a nadie le interesó, y no te miento, yo nunca lo comenté porque me daba un poquito de vergüenza. Yo que sé, no fue por malo, fue por falta de fe en mi viejo, nada más. Creo que la única persona que le creyó fue mi vieja. Ella sí, siempre alentándolo y dándole al lado de él. Ella lo ayudó a construir el avión, claro que a su manera. Yo creo que por eso se enamoraron, eran los dos soñadores y les encantaba todo eso de volar y los pájaros y los aviones y qué sé yo cuanta cosa más. Vos fijate que cuando eran novios se tomaban el ómnibus por allá por Bulevar Artigas y agarraban pa Lezica. Se iban hasta la Aviación Civil y se les pasaban las horas tomando mate y esperando que aterrizara o despegara algún avión. Me comentaron que les parecía increíble ver cómo despegaban los aviones. No sé, pero no me extrañaría que la idea de hacer un avión haya nacido ahí, en esas tardes de enamorados, mirando avionetas elevarse por el aire. Lo que pasa es que el viejo siempre fue un soñador, claro que él se creía visionario. Yo al principio, cuando un día llegó del trabajo y dijo: «Estoy podrido de la oficina, así que voy a hacer el avión», pensé que era un genio, a lo mejor un genio de esos frustrados, porque se tomaba el ómnibus todas las mañanas hasta el centro, se pasaba todo el día en la oficina haciendo cuentas, pasando a máquina los apuntes del jefe y de vez en cuando hasta lo mandaban a comprar una pizza con morrón, pero después volvía a casa y se metía en el garaje. Lo primero que hizo fue agrandarlo. Me llevé flor de sorpresa cuando llegué de la escuela un día y ya no teníamos garaje. Pensé que iban a poner una parra, pero no, en vez se dedicaron entre papá y mamá a construir una caja de cemento como diez veces más grande que la casa. Mama me explicó que era para meter el avión y como yo era chiquilín pensé, qué bien, papá y mamá son reinteligentes. Así que, bueno, todo lo que no pudo lograr papá en el trabajo, lo realizaba en el garaje. Cada vez que tenía vacaciones se metía en el hangar y no salía, ni dormía; comía sólo cuando mamá le llevaba algo, y no estaba para nada ni nadie. Me acuerdo que se lo comenté a mis amigos y se mataron de la risa. Así que de repente empecé a desconfiar un poquito de todos los planos que papá tenía tirados por toda la casa, y cuando vi que a veces no había ni pa comer pero que llegaban tremendos pedazos de fierro y clavos y cables, bueno, empecé a sospechar que algo no cuadraba. Además ya era adolescente y vos viste como se ponen a veces los adolescentes. En fin, una noche como a las once yo escuchaba un ruido ensordecedor que salía del garaje, un ruido como a metal y alguna cosa rara, como martillazos, qué sé yo, y se me ocurrió que papá pecaba de ingenuo, que era imposible construir un avión, que éramos demasiado pobres y demasiado cotidianos como para elevarnos por los cielos. Estuve madurando la idea por mucho tiempo, hasta que el día que cumplí los diecisiete años dije, ta, hoy le digo que se deje de tonterías y que si quiere volar que no sea tacaño, que venda la chatarra y se compre un pasaje a Buenos Aires, o a Santiago mejor. Pero cuando llego a la casa papá me sale con que el avión va a volar a la velocidad de la luz. Faaa, no sabés cómo quedé. Empecé a considerar que lo del viejo era locura pura y el drama era que mamá lo apoyaba. Capaz que la vieja también está medio tocada, pensaba yo, pero no me animé a decirles nada porque los veía tan metidos en todo eso que, bué, no quise quitarles la ilusión. No me voy a olvidar más del día que el avión quedó terminado. Yo ni sabía que había algo ahí en el hangar. Oía el ruido y veía la luz prendida toda la noche, pero como el asunto me parecía cosa de giles ni se me ocurrió meter la cabeza por la puerta. Claro que todo eso cambió el día que yo estaba viendo la tele, jugaba la selección contra Colombia por la Copa América, y mi viejo todo sudado se aparece por la puerta del garaje y dice: «Está listo, ¿querés verlo?». Yo pensé que me estaba tomando el pelo, así que me reí y seguí viendo el partido. Me volvió a preguntar y pensé, ufa con este loco, pero por llevarle la corriente lo seguí. Casi me caigo de espaldas cuando entro al hangar. Estaba ahí: un boeing hecho de pura chatarra, latón viejo y remaches de autos chocados, pero estaba, y era un avión. Tenía forma de avión, tamaño de avión, todo de avión. Yo no supe qué decir. Lo felicité y le di un abrazo. «Gracias», me dijo con la voz partida. Me invitó a subir. Para subirse había que usar una escalera común y corriente que estaba arriba de un tablado bastante alto. La verdad que me dio hasta emoción subir. Adentro estaba mamá, con los ojos que le brillaban de alegría. Abrazó a papá mientras me miraban pasear por el interior del avión. Yo no sé cómo serán los boeings de verdad, pero éste por dentro parecía como lo que supongo que será un chalé de Punta del Este. Tenía comedor, living, dos dormitorios, baño y cocina. Además los muebles eran todos fenomenales. Yo creo que hasta eran importados. Ni cuenta te dabas que no estabas en una casa; bueno, miento, te dabas cuenta ya que parecía que estabas adentro de un chorizo porque era todo a lo largo, pero aun así no se notaba mucho. Fijate que hasta ventanas tenía, claro que eran ventanas para mirar hacia adelante, no hacia los costados. De frente a las ventanas había dos sillones rojos enchufados a un montón de cables que salían del piso. Los viejos me explicaron que esas ventanas y esos sillones eran la cabina de control, que el piloto y el copiloto se sentaban en los sillones y se ataban los cables a la cabeza. Me pareció medio raro, pero me explicaron que el avión no necesitaba nafta, que era la fuerza de voluntad de las personas que lo piloteaba. De nuevo pensé que se les había soltado un tornillo, pero no se dieron cuenta porque porfiaban que papá era medio genio y había diseñado un motor que convertía la voluntad en combustible. Papá me invitó a sentarme en uno de los sillones. Se sentó él en el de la derecha y después me senté yo en el de la izquierda. Mamá nos ató los cables a la cabeza y vi con asombro cómo se levantaba sola la puerta del hangar. Me explicaron que fue a base de fuerza de voluntad, de la del viejo a decir verdad, porque yo ni sabía que se podía hacer eso y cuando miro para enfrente veo que había una pista de tierra saliendo del hangar. ¿Vos podés creer que hacía tres años que la habían hecho y yo ni sabía? ¡Atrás de mi propia casa y yo ni sabía! Bueno, el caso es que me concentré en carretear y de repente el boeing se empezó a mover. Se movía cada vez más y en eso mi viejo grita: «Pensá en el despegue», y, ¡zás!, nos levantamos en el aire. Fue una cosa espectacular. Si vieras qué lindas se ven las montañas del Ecuador y qué desolación más triste la de Alaska. Nunca me voy a olvidar de ese día. Te cuento que ni me enteré de cómo salió el partido. Por ahí escuché que nos metieron cuatro, pero no me importó; estaba chocho con lo del avión. Ahora, una cosa era darse una vueltita por América y otra cosa era volar a la velocidad de la luz. Al principio no tuve duda que era posible, difícil, sí, pero posible. Te digo que fui yo el que le insistió al viejo que probáramos volar a la velocidad de la luz. Me dijo que todavía estaba haciendo cálculos. Así que un buen día, después de cenarnos unos riquísimos tallarines, mamá agarra y dice: «Esto es para festejar el vuelo de mañana». Papá me explicó un par de cosas: que una vez que se llega a la velocidad de la luz es imposible darse vuelta, que se sigue a través del espacio por siempre hacia adelante y que jamás se puede volver atrás. Así que como estábamos destinados a una eternidad sin fin de ver el espacio sideral y conocer todos los rincones del universo, me sugirió que me fuera a despedir de todo el mundo esa noche. Pero yo, ¿de quién me iba a despedir? Si yo no le había dicho de esto a nadie. Si les decía a ustedes me iban a tratar de loco. Fijate que por el asunto este hasta la familia dejó de visitarnos. Se calentaron con mi viejo cuando él dejó el laburo para dedicarse de llano al proyecto. Vivíamos de lo que ganaba mamá de nurse en el Hospital de Clínicas, que no era mucho. Y cuando papá les explicó por qué había dejado el trabajo y cuál era el proyecto, se armó la grande. Nunca más nos hablaron. Así que yo me quedé calladito. No te miento, a pesar de que ahora sí creía en el proyecto igual me daba vergüenza. Todo el mundo tiene familias normales, así que yo no decía nada. En fin, intentamos varias veces y siempre fracasamos. Probamos, siempre conmigo de copiloto y papá de piloto, pero no lográbamos romper órbita y ni hablar de llegar a la velocidad de la luz. Así pasaron los años, papá siempre haciendo cambios en el avión y nosotros intentando. Mamá nos alentaba y decía: «Ustedes pueden, ustedes pueden». Pero yo empecé a dudar otra vez. Sobre todo porque en clase de física en la facultad me explicaron bien claro que es imposible llegar a la velocidad de la luz. Además, no es por nada, pero el asunto ya me aburría. Empecé a dejar a mis viejos plantados para los vuelos porque prefería irme con alguna mina o con ustedes a pasar el rato, y sobre todo en época de carnaval. Hace un par de noches me dijeron que en dos días, o sea ayer, íbamos a intentar de nuevo, pero que ahora iba a ser diferente porque mamá se iba a sentar en del sillón del piloto y papá en el del copiloto, lo cual nunca habíamos probado antes. No les di mucha corte, total ya casi nunca iba yo a los vuelos. Lo que pasó es que anoche fui con una amiga de la facultad al desfile de carnaval. Se me olvidó por completo que había quedado en acompañarlos en el nuevo intento. Y, aunque no lo creas, estaba abrazado de la flaca después del desfile, y al mirar para arriba, ¿qué veo? Algo, como una estrella fugaz, pero elevándose y desapareciendo en el cielo. Se me paró el corazón. Dejé a la flaca sola y me fui corriendo pa la casa. Me metí a toda prisa en el hangar. Vi que la puerta que daba a la pista estaba abierta. Había olor a cables quemados. Sobre la pista se notaba una estela negra... Loco, se fueron.

Mi amigo dejó caer el cigarro a la calle y lo pisó en silencio. Los dos nos quedamos callados, contemplando lo que suponía el relato. Pensé en las posibilidades que le quedaban a mi amigo, y llegué a la alentadora conclusión de que si sus padres habían logrado tan espectacular hazaña, mi amigo podría valerse de sus diseños y planos para reconstruir el avión de ensueño. Hice cálculos mentales y resolví que con una colecta podríamos juntar el capital necesario para comprar las piezas. También razoné que entre todos podríamos construir otro avión. Llegué a la conclusión lógica de que todos podríamos subirnos y viajar por el cosmos en busca de los padres de mi amigo. Sería esa nuestra consigna eterna, nuestro llamado seguro. Me pareció tan impecable, tan pura y tan certera mi lógica que entusiasmado le expliqué a mi amigo mi plan de ataque.

Él se llevó la mano izquierda a las sienes y me dijo con los ojos cerrados:

—No, flaco, no. No me entendiste. Si meto la mano yo, el avión nunca va a lograr la velocidad de la luz.

22

El ángel herido

(cuento ecfrástico)

El ángel herido es un niño que tiene unas alas de pluma de cisne tan blancas que el reflejo del sol en ellas casi encandila. Sus ojos son azules como un mar embravecido, y el pelo lo tiene amarillo como espigas de trigo antes de la cosecha. Cuando lo recogimos en nuestra improvisada camilla llevaba una túnica tan blanca como la nieve cuando resplandece por la noche, aunque terminó vistiéndose de botas negras, pantalón gris y chaqueta marrón, como cualquier otro niño de acá.

Lo encontramos a principios de primavera, un sábado por la mañana cuando recorríamos el borde de la arboleda en busca de leña. Todavía no oscurecía pero ya pensábamos en la noche. Nos adentramos entre unos pinos enormes cuando oímos un gemido, y sin hablar nos hicimos una buena idea de lo que veríamos un poco más allá. Estaba sentado de espalda contra un árbol. Un tajo enorme le atravesaba toda la frente, y la sangre que de éste corría lo obligaba a entrecerrar los ojos. También tenía manchada de sangre una de las alas. A su alrededor se habían desparramado una docena de plumas largas y esbeltas, como si allí se hubiese degollado un cisne. Tenía la mano derecha toda cortada, y en ella sostenía algo que no quería soltar. Nosotros sabíamos bien lo que era.

Sabíamos también que estaba aturdido, así que nos acercamos con cuidado, pisando suave. Cuando nos escuchó se arrinconó contra el tronco. Le hablamos con voces quedas, le dijimos que podíamos ayudarlo. Trató de limpiarse la sangre de los ojos y lo único que hizo fue pintarrajearse el rostro de rojo. Esperamos expectantes a ver qué nos decía. Finalmente asintió con la cabeza para después taparse la cara con las dos manos, sin soltar lo que tenía en el puño derecho. Improvisamos una camilla con el tronco de un pino joven y los sacos de cáñamo que llevábamos para recoger la leña. Antes de sentarlo en la camilla le limpiamos el rostro con un pañuelo, y con otro, le vendamos la herida de la frente.

Salimos de la arboleda y seguimos el camino de la orilla del lago. Del otro lado, a lo lejos, se distinguía una ciudad de fábricas cuyas torres expulsaban un vaho negro y furioso. Llegamos a nuestra aleda, donde otros muchachos como nosotros salieron a recibirnos. Todos sabíamos lo que debíamos hacer. Llevamos al ángel confuso y tembloroso a la cabaña que usábamos cuando llegaba un nuevo. Allí teníamos una mesa, un colchón de lana y una bañadera redonda de madera. Sobre la mesa había una vela aromática que prendimos al entrar. Le limpiamos las heridas, lavando con mucho cuidado sus alas, sus hermosas alas, y le cambiamos la venda de la cabeza. Después le convidamos un plato de pescado recién frito y unos frutos del bosque. Recién para comer soltó lo que llevaba en la mano: era un lirio de cristal quebrado en pedacitos. Le vimos la palma de la mano y como sospechábamos estaba repleta de tajos abiertos y pululantes. Nos permitió lavarle esas heridas también y vendarle la mano. Afuera pusimos a hervir agua en un calderón grande, y mientras él comía, nosotros llenábamos la bañadera. Cuando sació su hambre, lo invitamos a bañarse. Nos miraba por debajo de la venda como dudando de nuestras intenciones, pero finalmente asintió sin decir nada. Lo dejamos solo, aunque no sin antes ponerle una muda de ropa y una toalla sobre la cama. No sabíamos si se la pondría o preferiría su túnica manchada de tierra y sangre.

Cuando largo rato después abrió la puerta de la cabaña pudimos comprobar que se había puesto la ropa que le ofrecíamos: un pantalón de mezclilla, una camisa de algodón y un saco de cuero. Nos miramos satisfechos e invitamos al ángel herido a sentarse junto nosotros sobre un tronco caído a contemplar el lago. Al principio él sólo nos escuchaba, sin querer decir nada, pero fuimos contando cada uno nuestra historia, y percibimos que se sentía mejor. Incluso, al ponerse el sol, llegó a desperezarse, estirando los brazos hacia adelante y las alas hacia los costados. Lo invitamos a pasar la noche con nosotros, y lo aceptó. Antes de retirarse a su cabaña se quedó solo, mirando el resplandor de la ciudad al otro lado del lago.

Al otro día le ofrecimos desayunar con nosotros, en un círculo grande en torno al calderón. Allí, mientras masticábamos charque de reno, nos contó su triste historia. Tenía el acento de quienes hablan todos los idiomas menos el propio.

Nos contó que más allá del lago, de la ciudad, de los pinares y de las praderas, pasando el margen de la tierra, cruzando el desierto oceánico y llegando donde las nubes tocan el horizonte, allá y solo allá se puede aletear hasta que las alturas se convierten en fondo, hasta donde el aire se hace fino y frío, donde el sol reluce sobre un telón negro, y desde ahí se puede contemplar la grandeza de la creación entera, la gloria del hombre, la holgura del planeta, la paciencia del universo.

Bajó la voz para agregar una advertencia: si uno sube por cualquier otro lado, ahí hay unos crustallina flotantes, que fluyen refulgentes en ríos aéreos dando vueltas y brincos, siguiendo la dirección del viento. Los hay grandes y chicos, con forma de animales y contorno de plantas, unos que giran y otros que se deslizan, todos brillan. Y todos son filosos, como hechos de hoja de navaja o vidrio partido. Nos confesó, bajando la mirada, que le encantan los que tienen forma de planta y que cuanto más brillosos, mejor. Hizo una pausa larga y añadió: cuanto más resplandecen, más cortan. Esto lo experimentó la primera vez que estiró la mano para agarrar un crustallinus, cuando al cerrar el puño en torno al saltarín objeto, este explotó, incrustándosele decenas de cortantes astillas en la palma y los dedos. El dolor de aquel descubrimiento no lo disuadió de su propósito de poseer aquellos objetos, y una y otra vez volvió a aquel lugar, a estirar la mano, a cortarse, a sangrar, a prometerse no volver nunca más, para regresar no bien le cicatrizaban las heridas.

Todos movíamos la cabeza asintiendo, porque nada de lo que relataba nos sorprendía.

Como queriendo excusarse dijo: «¡Es que brillan tanto!». Se miró la mano vendada y con una sonrisa fugaz comentó que se había propuesto hacer un último viaje para dar con el crustallinus perfecto. Lo recogería y no abriría la mano por más que tuviera que gritar de dolor. Habría de ser la última vez, estaba seguro. Llegó aleteando con entusiasmo hasta una confluencia de torrentes de crustallina y dedicó horas a ver qué pasaba, en busca del más bello y más resplandeciente de todos. Cuando el agotamiento le provocaba dolor en el centro de la espalda y el borde superior de las alas, decidió agarrar un lirio cegador que venía girando a toda velocidad. Estiró la mano y al hacer contacto la cerró como la mandíbula de un lobo hambriento. Un día después, cuando nos relataba el dolor que sintió en aquel momento, se le agitaba la respiración. Fue como que cien agujas le entumecían la mano y unas jeringas le corrían por las venas hasta el corazón mismo. Las alas le flaquearon y el cuerpo entero entró en una agonizante caída libre. Cuando lo encontramos llevaba horas deambulando por el bosque, desorientado como en una neblina grisácea. Recién abrió la mano cuando le ofrecimos alimento. Suspiró y balbuceó: «Es que brillan tanto…»

Vivió con nosotros durante el resto de la primavera y todos los meses del verano. Lo dejamos quedarse en la cabaña para invitados, pero empezamos a creer que le era más conveniente edificar su propia casita. Se lo comentamos, y nos dijo que podía ser, que necesitaba pensarlo. Fue en ese momento que nos dimos cuenta de que tarde o temprano se iría. En los meses que estuvo con nosotros le enseñamos a pescar y a cazar, aunque nunca logró hacerlo muy bien: carecía de paciencia y puntería. Lo que sí aprendió con suma destreza fue a coser. Tenía los dedos delicados, como alguna vez los tuvimos todos, y con un talento nato manejaba la tela, la aguja y el hilo. Cuando de algún tirón se rasgaba el pantalón, lo remendaba feliz. Se ofrecía a ponernos coderas en los sacos y reforzar alguna costura. Aquello era su pasión y podía dedicarle horas. Pero a veces, cuando ponía a hervir el agua del caldero o barría a la entrada de la cabaña que le habíamos prestado, la mirada se le volvía fija, vidriosa, como quien piensa más de la cuenta.

En otoño se fue por primera vez, y temimos que nunca más lo veríamos. Regresó unas semanas después, con la mano lastimada pero sabiendo que lo podíamos aliviar. Observamos que traía la ropa que le habíamos regalado, detalle que nos dio cierta esperanza. Le preparamos el agua y se lavó las heridas de la mano él solo, aunque tuvimos que ayudarlo a limpiarse las alas. Le vendamos la mano, y nos lo agradeció con sinceridad. Le prestamos una muda de ropa para que usara mientras lavaba y dejaba secar la suya. Esta vez se quedó unos días, y de noche sentado con nosotros en torno a la fogata nos escuchaba conversar. Seguía las charlas con la mirada atenta, pero él mismo no decía nada sino que escondía todo en la caverna profunda de su corazón. Hasta que se fue otra vez.

A lo largo de todo aquel otoño lo vimos regresar y partir muchas veces. En ocasiones se quedaba unas horas, apenas el tiempo necesario para tratarse las heridas y remendarse la ropa. Otras veces se quedaba varias semanas, incluso nos ayudaba a hacer los preparativos para el invierno: recogíamos frutos secos, cortábamos leña, escogíamos los renos que sacrificaríamos, salábamos carne. Una tarde preparaba pan al carbón en un sartén redondo cuando nos preguntó por qué ya no teníamos alas. Desde un principio le habíamos dicho que éramos ángeles como él, pero era la primera vez que nos preguntaba por nuestras alas. Le explicamos que habíamos renunciado a ellas, que era el precio que decidimos pagar para ser realmente libres. Sospechamos que no nos creía cuando le confesábamos que solo en la vida de la aldea habíamos descubierto la disciplina de la libertad. Después de comer el pan lo llevamos a ver el cementerio de alas, un claro sin lápidas cercano a nuestra villa en el que habíamos enterrado nuestras extremidades ya desplumadas. Esa noche partió furtivamente, como de costumbre. Aquello fue poco después de la primera nevada.

Fue también poco antes del equinoccio. Cuando llegó ese día, sacamos del almacén de la aldea unos globos enormes de lino, revestidos con plumas de nuestras propias alas, que inflamos con unos quemadores que también guardábamos allí. En total hinchamos el diámetro de doce globos aerostáticos. Nos dividimos todos entre las barquillas de mimbre, llevando cada uno todas las provisiones necesarias. Porque conocíamos a la perfección las corrientes del aire, navegamos las más seguras, y llegamos hasta aquel lugar donde el aire se hace fino y el sol reluce sobre un telón negro. Porque era el equinoccio había allí miles de ángeles, y teníamos todos la mirada fija en el sol, en su refulgencia sin par, y nos reconfortaba sentir sus rayos sin filtro en el rostro. Quien no estaba allí era el ángel herido. No lo vimos nunca más.

El último refugio de la noche

Es de noche y hace frío. Vengo caminando por la vereda de una calle algo transitada, aunque no mucho. Soy el único peatón y escucho el pasar de los autos, pero no los miro. Camino hacia adelante sin saber para dónde voy ni de dónde vengo. Sigo la vereda, nada más. Sólo que me molesta el frío. ¿Por qué tiene que hacer tanto frío? A pesar de que estoy abrigado siento el frío por dentro.

Me detengo frente a un café. Miro por las ventanas amplias y grandes y veo unas pocas personas sentadas en sillas negras alrededor de pequeñas mesas redondas y también negras. Percibo que cada mesa es un universo, un universo en el que aparentemente no hace frío ya que todas las personas en el interior del local están desabrigadas.

Veo que entra una señora y decido hacer lo mismo. Ni toco la puerta; entro detrás de la señora, antes de que se cierre la puerta. Veo una mesa y sus cuatro sillas, todas desocupadas. Me siento y miro a mi alrededor.

A mano izquierda hay un hombre sentado. Me da la espalda, así que no le puedo ver la expresión de los ojos. No sé qué hace. Tiene un bolígrafo barato en la mano y de vez en cuando anota algo —no sé qué— en un mazo de hojas amarillas. Al lado del mazo tiene una calculadora solitaria que de tanto en tanto usa para hacer algún cómputo. Siento pena por la calculadora. La única vez que la miran y la tocan es cuando requieren algo de ella. Pero lo que más me da pena es verla tan sin vida.

Miro para mi derecha y ahí está la mujer que entró conmigo. La veo ojerosa, de pelo moreno y tez cobriza. Se muerde el labio inferior y se lleva la mano al cuello. La noto triste. Debe ser por lo profundo que las arrugas le surcan el rostro y lo húmedo que se le ven los ojos. No me da pena aunque entiendo lo vacía que se siente. Se debe sentir llena de nada, igual que yo. Y a pesar de que compartimos un estado de inmensa y vasta oquedad, no le tengo pena. Más pena me doy yo. Porque tengo frío y ella no. Porque, y aunque no estoy seguro cómo lo percibo así, ella tiene todavía tiempo de arreglar las cosas. Yo creo que no lo tengo.

El hombre de la calculadora se para y se acerca al mostrador. Sobre la mesa distingo un libro grueso, usado y sin duda aburridor, lleno de numeritos. El hombre le pide algo al cajero que está atrás del mostrador. De mala gana, el cajero le prepara un café con leche. El hombre debe tener frío. Es que hace frío, mucho, mucho frío. No entiendo cómo puede hacer el mismo frío adentro del local como lo hace afuera. El hombre agarra la taza humeante. Siento envidia. Me gustaría que mis manos pudieran abrazar la taza igual que las de él. Se da vuelta para regresar a la mesa y le veo el rostro. Es joven y aparenta estar cansado.

Me llevo la mano al bolsillo para ver si tengo dinero. Parece que perdí la billetera. Lamentando no tener nada con que comprarme algo para quitarme el frío, me miro la mano:

blanca, pálida y sin arrugas. Pero sé que a diferencia del joven que otra vez me da la espalda y sigue con su calculadora, mazo, libro y bolígrafo, sé que no soy joven. No me acuerdo de mi edad exacta –ya me vendrá–, pero no tengo duda de que ese instante de invencibilidad llamado juventud ya no me pertenece.

Miro a mi alrededor y me percato que hay otros jóvenes aquí, en este rincón de almas perdidas. A tres mesas de la mía hay una parejita pegajosa. Se ve que no llegan a los treinta y por la manera en que se miran y ríen deben ser recién casados. Todo les parece lindo y además no sienten frío. Ella es rubia, él no.

Menos mal que el amor no se fija en el color del cabello, reflexiono, porque yo no soy rubio y una vez quise a una mujer rubia. Con algo de pavor me doy cuenta de que ella es el único recuerdo que tengo. Ella joven, ella vieja, ella riéndose, ella llorando, ella linda, ella fea, ella sonriendo, ella gritando, ella de ojos profundos, ella todo. Fue la madre de mi hijo, de eso sí me acuerdo. Tengo la idea de conocer a mi hijo mejor de lo que la conocí a ella, pero a él no lo recuerdo. No me interesa recordarlo. No, no, no. Ya me acordé de lo que no me quería acordar. La imagen me invade la mente: lluvia, atardecer, lápidas, entierro. Hace tanto que ella partió y de repente, al encontrarme mirando a esta parejita de ojos vivos y esperanzados la siento presente, palpable. La siento mirarme. Me está mirando la nuca. La siento parada atrás de mí. No me atrevo a darme la vuelta y encararla. No me corresponde. Los vivos no pueden ver a los muertos… así que si me doy vuelta no la voy a ver. No la voy a ver porque no quiero; no, no puedo, no me corresponde todavía.

Sin aviso, la parejita que me acarreó tanto vértigo se pone de pie. Salen los dos por la puerta, tomados de la mano. Nos dejan a los tres atrás: a la señora que en cualquier momento se echa a llorar, al joven con sus libros y calculadora sin vida, y a mí. Me parece todo tan irreal. El frío, el vacío, los miedos que tengo y las preocupaciones que me faltan. Me cruza por la mente la idea disparatada de que a lo mejor soy un viejo moribundo de noventa y dos años, delirando en su lecho de un cuartito pobre pero limpio. Me río en voz alta de mi propia insensatez pero nadie parece oírme.

Conté mal. No somos tres los que estamos en este último refugio de la noche. Somos cuatro contando al cajero. Está parado atrás del mostrador y aparenta haberse perdido en sus propios pensamientos.

La mujer por fin se pone a llorar. Lo hace en silencio y escondiendo el rostro bajo los cabellos lacios. Se pone de pie y ahora sí somos tres porque ella se va entre sollozos. Sigue sin darme pena. El tiempo le sanará toda herida, así jamás se le vacíe la nada que la llena.

Vuelvo a mirar al cajero. Ya los años empiezan a dejar su polvillo blanco sobre las sienes del señor. Veo que hoy no se afeitó y la barbilla le queda desprolija. Trato de distinguirle el color de los ojos pero cada vez parece haber menos luz. Jamás pensé que al avanzar la noche, que al oscurecerse la calle, bajarían las luces del interior del local. Me equivoqué cuando pensé que aquí adentro lograría huir del frío, y parece que tampoco me voy a poder escapar de la oscuridad creciente.

Con todo me pregunto por qué habrán bajado las luces. Capaz que es hora de cerrar. El joven de la calculadora muerta se da por aludido y empieza a juntar sus cosas. No es mucho: un libro, un mazo, un bolígrafo y una calculadora. Me pregunto qué hora será. A lo mejor hace horas que estoy metido acá adentro y no me he dado cuenta. El joven se pone de pie y se dirige hacia la puerta. Yo también me pongo de pie pero me acerco al cajero. Ya el joven se fue y a lo mejor yo debiera hacer lo mismo pero no le veo propósito. No tengo a dónde ir.

Así que me paro frente al cajero para por lo menos conversar con algún ser humano en esta noche larga. Pero el cajero no me hace caso; se limita a rascarse el mentón y bostezar. Le dirijo la palabra pero ni se inmuta. Capaz que piensa que estoy loco y por eso me hace caso omiso. Solo que de repente me mira y su mirada me aterra porque me mira como si no me viese, como si yo no estuviese frente a él, como si mirase a través de mí.

Me doy media vuelta y, temblando de incertidumbre, regreso a mi silla. Una niebla espesa comienza a adueñarse del lugar. ¿Cómo puede ser? Busco al cajero con la mirada para ver su reacción pero no lo encuentro. Ya no está. Se lo tragó la niebla, la oscuridad, el frío.

Y de golpe entiendo todo. Tomo conciencia de mi verdadera condición, y es con sorprendente lucidez que dejo de existir.

El partido sin fin

Nadie sabe a ciencia cierta cuándo comenzó el encuentro, ni por qué juegan los dos equipos, ni cuál es el marcador exacto. Yo hace años que dejé de investigar el asunto para ubicarme en un incómodo asiento azul de respaldo plástico y patas de fibra de vidrio a fin de tratar de descifrar el significado del juego, emprendimiento que me resulta tan infructífero como muchos dicen que es aburridor este deporte. Incluso así, me rehúso a desistir de mi objetivo, así los achaques de la vejez me reduzcan a una mera curiosidad en este lugar que parece escapar toda noción del paso del tiempo.

Ya nadie se sorprende con este insólito partido, aunque supongo que en el principio fue causa de asombro. Tampoco resultan sorprendentes mis conclusiones al respecto, porque son casi idénticas a las de todos los académicos, científicos, místicos, entusiastas, curiosos y facinerosos que en algún momento se han planteado los secretos que sin duda encierra este encuentro. Claro, no son un calco exacto, ya que nunca dos personas podrán observar lo mismo y llegar a conclusiones idénticas —aunque aseguren todo lo contrario—, por lo que me aferro a mis propias conclusiones, tan parecidas a todas las demás: soy yo quien las ha deducido y por tanto las elucido como mías y de nadie más.

Comencé mi pesquisa hace décadas, cuando a fin de recoger hasta el último dato útil, verdadero o no, viajé a los rincones más remotos de los cinco continentes para adentrarme en todas las bibliotecas del mundo, empresa que me exigió aprender todos los idiomas escritos, tanto vivos como muertos. Fue así que aprendí a cernir las palabras para hacer que su significado verdadero se desprendiera de ellas. Con la misma entrega me di a explorar los recovecos del ciberespacio, más complejo y descabellante que mis años de cazalibros. No encontré allí nada que las bibliotecas no me presentaran antes, pero aprendí a ver patrones en el caos y a tejer redes de significado que unifican todo, al punto de amenazar la fuerza de los jáquers secretos (que me mandaron a matar pero que hasta el día de hoy logro evadir gracias a los conocimientos vedados que descubrí en las milésimas de segundo que dividen a las páginas de internet). Incluso ahora, que de descubrirme aquí sentado al rayo del sol podrían quitarme la vida sin que nadie lo advirtiera, los mantengo en inútil cacería por los barrios más pobres de las ciudades del sur gracias a las destrezas que adquirí en mis años de indagaciones.

Mis décadas de aprendizaje incontenible me revelaron prácticamente todo el conocimiento de la humanidad. Me abrieron las puertas al conocimiento superior, que se esconde en lo cotidiano y que apunta al mundo paralelo que existe de forma casi inapreciable. Este conocimiento del supramundo me permitió entender casi todo, incluso el gran secreto: cómo surge la vida y cómo se la extingue. Digo «casi todo» porque los pormenores del origen de este partido que ahora presencio y su verdadero significado quedaron fuera del alcance de mis revelaciones. Ahora lo único que me interesa es comprender el juego, y, claro, por «comprender» no me refiero a un entendimiento profundo de las reglas: eso ya lo tengo.

Desglosar toda información que se me presentó sobre este partido en particular me permitió llegar a una noción bastante general de sus orígenes. Aunque muchos han presentado conclusiones semejantes y han sido rechazados rotundamente, no dudo tener razón. Este partido se juega desde hace por lo menos cuatro mil años, y creo que originalmente nadie se imaginaba cuánto iba a durar, porque rara vez duraban más de cuatro horas, cosa que al público actual le parece increíble. De hecho, los más eruditos se niegan a creerlo, pero de esa conclusión no me moveré jamás. Este juego es una anomalía: comenzó como uno de miles de millones que otrora se celebraran.

Habiendo obtenido conocimientos fenomenales, formulé la idea poco original de que tal vez fuera el diseño del campo de juego el que enfrascase a estos dos equipos a perpetuar su empate de entrada en entrada. Traté de comprobar su diseño desde todos los ángulos, valiéndome de miles de fotografías y cientos de extensos tomos que se han escrito al respecto. Descubrí lo que otros supieron antes: el juego en sí se desempeña en campo de césped sobre el cual se han marcado dos rayas blancas acolchonadas en franjas diagonales de arcilla que reciben en ángulos de 90 grados a otras dos rayas cobijadas por una arco de arcilla para formar un cuadrado; en los vértices del cuadrado se colocan pequeños cuadrados blancos de mínimo espesor que sirven de centro gravitacional para los jugadores; en el centro mismo del cuadrado se coloca un círculo de arcilla elevado. Los parecidos con la simbología de los masones son claros, ya que el campo está compuesto de la escuadra y el compás que encierran, en este caso, el ojo que todo lo ve. Los masones, por su parte, niegan rotundamente la acusación. Sostienen que señalar los paralelos como significativos no es más que una estrategia de las dictaduras de izquierda y de derecha que se han confabulado con los católicos ultraconservadores para propagar ideologías antimasónicas. Tras años de observación de rituales masónicos y meditación sobre sus significados he concluido que nada tienen que ver los masones con este asunto, puesto que es imposible que hayan llegado al conocimiento necesario para provocar este hecho. También me aferro a la conclusión de que el diseño del campo no es lo que hace que el partido se prolongue de forma indefinida.

Resulta sospechoso que los jugadores y sus cuerpos técnicos no se vean afectados por la edad ni se preocupen de lo que sucede a su alrededor. Traté en vano de encontrar entrevistas o pronunciamientos de ellos, así que el primer día que vine al estadio los quise entrevistar, pero unos guardias de seguridad enormes y poco comunicativos me impidieron bajar al campo de juego. Pensé en pararme junto a la puerta exterior de los vestuarios por si alguno salía en un momento insospechado, pero cuando llegué al lugar vi a una veintena de misioneros mormones con sus camisas blancas almidonadas y corbatas oscuras sentados allí. Me explicaron que llevaban muchas generaciones de espera, que cada dos años otro grupo de misioneros los reemplazaba, pero que no perdían las esperanzas de convertir a los atletas cuando salieran por esa puerta. El incidente me llevó a abandonar mi propósito de hablar con los jugadores y confirmó mi sospecha de que nada tenían que ver los mormones con la duración del juego.

Un partido tan extenso ha sido presenciado por millones de personas, a pesar del tamaño pequeño del estadio. Su capacidad es de 3.000 plateistas, los cuales se acomodan tranquilamente en los asientos ubicados de los dos lados que corren paralelos a las rayas trazadas desde el cuadrado principal hasta los límites exteriores del campo. Se han documentado varios cientos de casos de personas que cayeron fulminadas por infartos y otras muertes repentinas durante alguna de las entradas. Por tradición, cuando sucede un infortunio de esa suerte, se entierra a la víctima justo atrás del pequeño estadio, en un campo cuya forma se parece bastante a la del campo donde se practica el partido interminable. De tanto en tanto, cuando me aburro durante el partido —cosa que me sucede con frecuencia al anochecer— me dirijo al extraño cementerio y observo las lápidas blancas y semicirculares. En ocasiones las recorro, tratando de imaginar si alguno de esos hombres o mujeres cuyos restos se hacen polvo ahí habrá caído muerto por el repentino conocimiento del significado de este juego. Cuando leo las lápidas y considero las muchas posibilidades que he sopesado con los años me río ante la más popular, la que asegura que el partido está arreglado gracias a los intereses de los sepultureros y funebreros lugareños. Basta con penetrar en el conocimiento escondido en las letras que componen los nombres de los muertos para darse cuenta de que nada tienen que ver ninguno de los lugareños con lo que sucede aquí.

Son tantas las teorías místicas, religiosas, metafísicas y también científicas que con el paso de los siglos se han esbozado para explicar la permanencia de este juego antiquísimo que en momentos resulta difícil distinguirlas entre sí. Todas me parecen insuficientes. Naturalmente, las distintas carencias de las teorías han llevado a la necesidad imperante de elaborar una teoría general, imperante desde hace unas siete u ocho décadas. Está de más señalar que no sólo no se ha logrado el objetivo sino que jamás se lo obtendrá. Sin entender elementos clave como los orígenes históricos, el estado actual del partido, la verdadera identidad de los jugadores, el motivo de su juventud perenne y el significado del juego jamás se llegará a esa codiciada teoría general.

Creo que sería mejor que cada cual aportara según sus conocimientos, pero la rivalidad entre los distintos exponentes es de tal calibre que la verdadera cooperación no figura como siquiera una posibilidad improbable. Es así incluso en mi caso. La vida entera que he dedicado a este misterio me ha llevado a algunos hallazgos meritorios que no me atrevo a hacer públicos.

Por ejemplo, tengo la total certeza de que bajo el cementerio hay otra cancha, sólo que de uso exclusivo de las mujeres de la antigüedad. Entre tomos polvorientos y frágiles de las bibliotecas más antiguas he descubierto mención de esa variante femenina. Parece ser que se jugaba con menos frecuencia que la versión masculina, con una pelota más grande y en un campo de dimensiones menores. Naturalmente, la existencia de un lugar así —o, mejor dicho, de una versión así del juego— sería prueba fehaciente de que nuestros antepasados consideraban a la mujer un ser de físico inferior. Ese conocimiento llevaría a algunas de las sectas generadas en torno al juego a replantearse la igualdad de los sexos, lo cual a su vez resultaría en la creación de sociedades feministas dedicadas a mostrar la superioridad de la mujer. Una posibilidad así me llena de pavor, ya que con mi sapiencia casi infinita entiendo claramente que lo que los jáquers secretos no logran por ineptos, dos o tres mujeres empedernidas pueden conseguir en un santiamén.

Me doy cuenta de que de haberme aliado con una mujer en mi búsqueda tal vez hubiera logrado ya descifrar algo, así fuera una pequeñez como el marcador real del partido. Por lo que ha llegado a mis manos puedo conjeturar con confianza sobre algunos aspectos: cuando el marcador llegó a 99-99, se decidió dejar de llevar el tanteo global con el acuerdo tácito de que no bien una entrada llegara con un marcador dispar a su fin, el partido se declararía concluido y el título se daría al ganador, sin importar la verdadera cantidad de carreras. Lo único que no me queda claro es cuánto tiempo les habrá llevado llegar al 99-99, aunque en base al ritmo actual de carreras anotadas, habrá sido de 30 a 45 horas. También he hecho todos los cálculos pertinentes para poner a prueba las teorías que sostienen que existe en esos números alguna clave. No la hay.

Aun sabiéndome solo en esta búsqueda no abandono mi consigna. A esta altura llevo varios años haciendo copiosos apuntes de cada entrada. Registro fielmente la temperatura a lo largo del día, la dirección del viento, los ángulos de cada parábola, la cantidad de bateadores, lanzamientos, bolas, strikes, foules, hits, bases recorridas, etc. Observo también los valores intangibles, como el humor de los jugadores e incluso el sonido de los bates al conectar la bola. Todo esto lo catalogo y según me permiten las circunstancias lo analizo en base a los extensos conocimientos que años de investigación, un amplio caudal y mi memoria prodigiosa me han permitido hacer míos. Cada día descubro nuevos patrones y significados, pero sigo sin poder contestar la pregunta más sencilla: ¿cuál es el significado de todo esto?

Ya me quedan pocos años de vida, como lo evidencian los cabellos canosos que se me caen, la piel arrugada que me cuelga y la visión borrosa que cada vez me sirve de menos. A veces, cuando de noche me acuesto para dormir en un catre que tengo justo afuera del baño del estadio, me invade una angustia que me espanta el sueño. Esas noches una amargura viscosa me recorre la boca y una negrura pesada me oprime el pecho. Son noches en las que me parece real lo que jamás hubiera imaginado al comenzar mi odisea. Son noches en las que pienso en todo lo que he aprendido, pero me doy cuenta de que nada sé de la verdad. Me aterra pensar que nunca la podré saber.

slaveofthevampire.myblog.com

Domingo, 15 de agosto

Hoy me dijo que tiene muchísima hambre y me pidió que le traiga un cachorrito. Nunca voy a tener hijos.

PUBLICADO POR SLAVEOFTHEVAMPIRE A LAS 1:01   0 COMENTARIOS

Viernes, 13 de agosto

Me inquieta ver esas películas torpes de vampiros bonitos y soluciones sencillas. Cuando en la pantalla aparecen actores maquillados, con el cabello inmaculado y la ropa bien planchada, me irrito. No encontrar lo que busco me llena de impotencia. Llevo años mirando películas de vampiros —desde aquella noche serena que me quedé solo en la biblioteca y me convertí en esclavo— en busca de alguna pista, alguna pauta, algo. Y nada. Lo que veo son adolescentes risorios que brillan como diamantes a la luz del sol, rubios cursis que inspiran lástima con parlamentos melodramáticos, mujeres de pechos enormes que visten siempre de cuero… cuando visten, héroes de quijada grande y enamorados de cazavampiros, víctimas inocentes de trilladas tramas de ciencia ficción que se convierten en una cruza de acróbata y zombi, o directamente sangrientos mutantes carnívoros que viven en cantinas mexicanas, en el polo congelado, en un Marte por descubrir, en donde los quiera meter el director. Como dije, nada. O, si se quiere, ¡patrañas y mentiras! Cómo me gustaría que alguna de esas imaginaciones fuera verdad. Incluso la más aterradora de todas, la del conde de Transilvania, sería preferible. Ya saben ustedes por qué.

PUBLICADO POR SLAVEOFTHEVAMPIRE A LAS 21:42   1 COMENTARIO

Viernes, 13 de agosto

Me ayuda a sentirme un poco más tranquilo cumplir cada noche con el mecánico deber de cerrar los cajones y las puertas. Mi señora cree que tengo alguna demencia muy leve, pero no es eso. Lo que pasa es que ella es algo informal con ciertas cosas, y no hay cajón que de vez en cuando no quede abierto ni puerta que con cierta frecuencia no quede mal cerrada en casa. Así que cuando llega la noche, me voy a lavar los dientes y después hago el recorrido. Primero el baño, después la sala, de ahí la cocina y finalmente el dormitorio. Siempre termino cerrando varios cajones y por lo menos una puerta de placar. De esa forma me aseguro de encerrar algunos bichitos que esperan a la noche para deslizarse por todos lados, incluso encima de nosotros. Ah, y claro, cierro la puerta del ropero del cuarto. No tiene caso cerrarla porque igual él, que está metido ahí dentro, la abre. Lo sé porque cuando me despierto de mis pesadillas, siempre distingo la puerta medio abierta. Y a veces, cuando prendo la luz, veo en la ranura el reflejo de su ojo helado, mirándome.

PUBLICADO POR SLAVEOFTHEVAMPIRE A LAS 0:26   0 COMENTARIOS

Miércoles, 11 de agosto

Las pesadillas empezaron cuando apareció él en casa. Que quede claro que no lo invité —por lo menos no a plena conciencia—, y una vez instalado no estoy seguro de cómo deshacerme de él. Sé que todo esto lo podría haber evitado si no hubiese tratado con él en primera instancia, pero una vez cometido el error, no puedo escapar de sus consecuencias, y la consecuencia más clara son mis pesadillas. Sueño con serpientes de todo tipo: rojas, marrones, verdes, gruesas, largas, cortas, finas, de las que pican, de las que se enroscan, nadando, durmiendo, picando. Las sueño debajo de la cama, cayendo del techo, metidas en los cajones. A veces se me acercan y me despierto. En otras ocasiones con tan solo verlas me despierto agitado. Una vez soñé que el colchón estaba lleno me miles de culebras enmarañadas que se deslizaban adentro del rectángulo de tela. Me despierto y sé que él está ahí. Castigándome por no haberlo alimentado. Sólo tengo esos sueños desquiciados cuando no le doy de comer. Nada de esto me sucedía antes de que él llegara a casa.

Miércoles, 11 de agosto

Desde que llegó, me da miedo la noche. Me corrijo. No es que me dé miedo la noche. Lo que me da miedo es estar de noche en mi casa. Cuando se duerme el ángel de mi esposa me quedo despierto, con los ojos abiertos, con miedo a dormirme y soñar alguna cosa fea. En la oscuridad empiezo a escuchar ruiditos. Cruje un mueble. Siento el grito de alguna vecina. Oigo el quejido de las bisagras de la puerta del ropero. Entonces me doy vuelta y quedo boca abajo, ojos bien cerrados. A veces escucho el roce de sus pies en la alfombra del cuarto. Lo más común es que sienta alguna arañita caminarme por la cara.

Martes, 10 de agosto

Supe que me seguía cuando, a las semanas de haberme casado, aparecieron unas ratas enormes, de lomo encorvado y peludas, en el tacho de basura que el municipio tiene en la esquina. Al principio pensé que eran roedores nada más. ¡Qué ingenuo! ¡Cómo iban a ser inofensivos animalitos esas ratas que me seguían con la mirada cada vez que pasaba al volver del trabajo!

No demoró en llenarse la casa de arañitas, de esas marroncitas y también de las negritas y velludas. No dispuesto a dejarme infestar, fui al supermercado y busqué el insecticida más potente, mandé a mi esposa a visitar a su mamá y rocié el veneno sobre todo sillón y cama, detrás de cada mueble, en todos los rincones, por absolutamente todas las ranuras que encontré. Después salí afuera y bañé el exterior de las paredes en ese líquido pegajoso y maloliente. Por precaución, esa noche dormimos en un hotel. Mi señora hasta en eso me apoyó, aunque la vi un poquito preocupada por mi salud mental. Al día siguiente regresamos a casa. No había insectos. Me sentí triunfante. Horas más tarde me desperté pasada la media noche con mucha sed. Fui a la cocina, y al abrir la heladera, vi una araña negra y roja posada en la jarra de jugo. Cerré con susto la refrigeradora. Sentí lo mismo que sentí la primera vez que vi *El exorcista*. Es lo mismo que siento cuando de noche él deambula por la casa. Por eso no me sorprendió prender la luz y verlo sentado en el sillón largo de la sala, impávido.

PUBLICADO POR SLAVEOFTHEVAMPIRE A LAS 3:28   0 COMENTARIOS

Lunes, 9 de agosto

Todo esto me da mucha vergüenza. Y prácticamente desde que lo conozco quiero aniquilarlo. Creo que así dejaré de sentir este bochorno constante, este oprobio de la hipocresía. De todos modos, confieso que no sé cómo acabar con esta condición. Me desespera no poder llevar mi vida sin que él esté ahí, siempre. Supongo que si dejo de alimentarlo se irá, pero me da miedo probar. Me aterra le idea de tratar de matarlo de hambre y descubrir que no morirá, que seguirá siempre a mi lado. Así que cuando me pide comida, casi siempre se la doy. Al principio le cazaba ratas que él devoraba ruidosamente. Ahora compro mascotas chicas —pajaritos, ratoncitos, tortuguitas— y se las doy. Es un asco, pero me fascina verlo tragar todo eso.

PUBLICADO POR SLAVEOFTHEVAMPIRE A LAS 1:14   0 COMENTARIOS

Sábado, 7 de agosto

Lo conocí por casualidad. Por lo menos eso pensé en un principio. Ahora estoy bastante seguro que todo lo tramó él desde un principio. En aquellos días yo era soltero y estudiaba leyes en la facultad. No era de los mejores alumnos, como queda evidenciado en el hecho de que mis libros a veces me servían más de almohada que de fuentes de ese conocimiento esotérico que persiguen los futuros abogados. El primer semestre cursé, entre otras materias, derecho penal, y me fue categóricamente mal en el examen. Así que una noche me encontraba solo en el tercer piso de la biblioteca jurídica, sentado contra la pared y considerando seriamente abandonar la carrera, cuando sentí que una voz llamaba mi nombre. Miré para los dos lados del pasillo y no vi a nadie. Volví a escuchar mi nombre, por lo que me puse de pie y me perdí en el laberinto de gruesos libros... Parado entre dos estanterías de libros, di con él. Supe enseguida por su apariencia enfermiza y ropa andrajosa que no me convenía quedarme ahí. Me di media vuelta y empecé a irme. Volvió a pronunciar mi nombre y —maldigo este momento por siempre jamás— tuve un poco de curiosidad, así que me quedé y lo encaré. Con una voz que acariciaba el susurro me dijo que me podía cambiar la nota del examen. Me puse a pensar en la seductora oferta. ¿Sería posible? En cuanto decidí aceptarla, me habló de la paga. Me mencionó un canario que tenía una amiga mía, diciéndome que lo quería. De inmediato supe que no podía salir nada bueno de eso, pero aprobar la materia me resultaba tan, tan importante que accedí. Al otro día le pedí a mi amiga que me regalara el avecilla. Yo sabía que ella tenía algo de interés romántico en mí, así que exploté su debilidad para convencerla. Me avergüenzo de haberlo hecho. Tanto así que nunca más la volví a ver. Lo que pasa es que en ese momento lo único que me importaba era la satisfacción de aprobar ese examen que ya había perdido. Esperé a que cayera la noche, metí el pajarito en la mochila y enrumbé al tercer piso de la biblioteca. Él me esperaba en el mismo lugar, en silencio. Saqué el animalito aterrado de la mochila y se lo puse en la mano. La tenía tan helada que me provocó un escalofrío. Él se llevó el canarito atrapado a la nariz, lo olió y sin más lo engulló vivo. Yo me gradué con honores.

PUBLICADO POR SLAVEOFTHEVAMPIRE A LAS 23:46   0 COMENTARIOS

Viernes, 6 de agosto

Hace tiempo que quiero desahogarme. A mi esposa no le puedo decir nada porque me tacharía de desquiciado, y el miedo a que ella se enterara me había impedido hasta hoy contar mis peripecias. Pero caí en cuenta que hay millones y millones de blogs y que mi esposa detesta la lectura, dos factores que me convencieron de probar usar este medio como terapia. Así que bueno, el primer paso es confesar la verdad: soy esclavo de un vampiro.

50

PUBLICADO POR SLAVEOFTHEVAMPIRE A LAS 23:46   0 COMENTARIOS

El puñal

Mucho fue lo ocurrido durante el transcurso de su vida que hubiera querido enterrar por siempre en el desierto del olvido, pero nada fue tan aterrador ni tan inolvidable como la serie de sucesos transcurridos en las diecinueve horas que siguieron a su primer encuentro con la muerte. La mañana en que Jorge Esteban Aguilar Sánchez miró a la Parca a los ojos, se desencadenó una secuencia de hechos que precipitadamente llegó a su clímax con un Esteban acurrucado en posición fetal y empapado de un sudor frío como las lápidas de los cementerios siberianos.

Lo que Esteban no sabía, y lo que causó la infausta cadena de acontecimientos, fue que la Parca sangraba, sí, sangraba una sangre roja como los pétalos de una rosa que empieza a marchitar. En realidad, a él no le interesó jamás enterarse del más allá o de cualquier consideración metafísica, pero la fatídica imagen de la sangre emanando descontrolada se le metió punzante en la mente.

Siempre fue un testarudo, sin más verdad que la suya propia. Se jactaba de no temerle a nadie, y la mañana en que encaró a la Parca se dio cuenta de qué tan cierto era. Sucedió un sábado temprano, cuando todavía disfrutaba de su tibia cama y deambulaba por ese mundo que no es ni de los que duermen ni de los que han despertado. Se refregó los ojos y miró el oblicuo cielo raso de la pieza que alquilaba. Pensó, mientras estiraba los brazos con pereza, que cuando consiguiera un trabajo en el que le pagasen mejor de lo que les pagan a los guardias de los bancos, iba a alquilar un apartamento para sí solo.

Esteban protegía los intereses de la banca porque nadie más le daba trabajo a un muchacho del sur de la ciudad que ni siquiera había terminado la secundaria. Había aceptado el empleo malpago, pero la verdad es que a él no le gustaban las armas de fuego. Su amor fue siempre por el cuchillo, desde el día aquel en que su ahora difunto padre le lanzó uno por el aire cuando oyó a su único hijo decir malas palabras. El cuchillo se clavó como una saeta junto a la cabeza de un joven Esteban que lo miraba de reojo, pálido de respeto y admiración. Tanta fue la fascinación que le causó ver el metal rebanando el aire que apenas dos días más tarde el niño de siete años ya había decidido que si alguna vez mataba a alguien, tenía que ser metiéndole un puñal volador justo en el corazón.

El problema fue que la mañana en que tuvo su primera oportunidad de mandar un cuchillazo aéreo, no fue contra hombre alguno, sino contra una inesperada visitante que abrió la puerta del cuartucho mientras Esteban, sentado al filo de la cama y en calzoncillos, pensaba en comprarse el diario para buscar otro empleo en los clasificados. Entredormido, el muchacho alzó la vista y vio a una mujer que llevaba una túnica imposiblemente negra y sostenía en su mano una lista. Pensó en lo fea que era la extraña mujer ya que la tez le carecía de pigmentación alguna y su cabello era casi transparente.

—Soy la Parca, Fidel, y he venido a llevarme tu alma —dijo, con un fortísimo acento extranjero, tratando de esconder un bostezo.

Esteban acarició la posibilidad de decirle que Fidel no era él sino el dueño de la casa, pero por la sangre le corrió la milonga del cuchillo y sin pensarlo estiró el brazo izquierdo, tomó el puñal que estaba encima de la mesita de luz y pasándoselo a la mano derecha, lo lanzó con venenoso vuelo hacia la desprevenida Muerte. Ningún ser humano hubiera tenido tiempo de evitar que el puñal encontrara sepultura en su corazón. (Esteban llevaba años practicando ese tiro, por las dudas.) Pero la Parca no era ni ser ni humano, así que desafiando la ley de la gravedad comenzó a deslizarse por la pared, hacia Esteban. Aun así el cuchillo le besó el brazo derecho y un chorro de sangre no demoró ni un instante en comenzar a fluir como manantial de agua sucia.

Espeluznada por algo que no le había pasado en millones de años, la Parca se detuvo en media pared y se llevó la mano a la herida. Trató de detener el vertedero de sangre, pero parece que la muerte sufre de hemofilia, así que le costó. Esteban, por su parte, no supo qué hacer porque el cuchillo había quedado clavado en la puerta y, parada diagonalmente en la pared, justo entre la puerta y él, estaba ella, más confundida que él.

Los hechos no se hubieran sucedido de la manera en que lo hicieron si en ese momento Fidel no hubiese cometido el funesto error de entreabrir la puerta y decir las siguientes palabras: «Esteban, ¿qué paso?». Al oír la frase, la Parca advirtió que se había equivocado de dormitorio, y se llevó la mano a la frente, no la derecha porque con esa se tapaba la herida rebelde, sino la izquierda. El pobre Fidel ni supo quién era la mujer nauseabunda que se le lanzó encima, provocándole un rápido y certero ataque al corazón. Ni bien Fidel estiró la pata (y la estiró de verdad, justo después desplomarse y temblar como diciendo «hasta aquí llegué»), la mujer se desvaneció en el aire.

Habiendo experimentado tan insólito encuentro, la primera preocupación de Esteban fue práctica: ¿Cómo le iba a explicar a la policía lo de las manchas de sangre y el cuchillo plantado en la puerta? Capaz que hasta lo acusaban de asesinato. Así que se vistió rápido, desclavó el cuchillo, y partió directo a la estación del tren con la firme resolución de irse del país.

Las preocupaciones metafísicas le entraron una vez que iba en el tren, mientras miraba por la ventana el ondulante paisaje de montañas color café que a lo lejos tomaban sol. Si le hubiese preocupado el porvenir, sopesando las dificultades que iba a encontrar en su búsqueda de asilo y empleo, los acontecimientos hubieran seguido un curso diferente, pero le entró tal fascinación con el descubrimiento de que la Muerte también sangraba, que empezó a preguntarse quién era realmente ese espectro y por qué mataba. Habiendo tantas profesiones tan nobles, a Esteban no le entraba en la cabeza que alguien pudiera dedicarse a asesinar sin más ni menos.

Pensó también en el fallecimiento de su propio padre. Se había muerto por aficionado al trago. Esteban nunca supo por qué su padre era tan amigo del vino, pero supuso que tuvo que ver con la muerte de su esposa al dar a luz a Esteban. Fuera cual fuera la razón, el padre de Esteban desayunaba todos los días un vasito de vino con un pedazo de pan y mantequilla. Al almorzar se bajaba un medio litro de vino, para la digestión. Y al cenar terminaba la botella, para no desperdiciar. Exactamente un año, tres meses y doce días antes de que Esteban tuviera el primer encuentro con la Parca, su padre dio su último suspiro en un sanatorio por motivo de una cirrosis antológica. Esteban se preguntó qué le hubiera pasado a su padre si la Muerte no hubiera existido, o por lo menos, si la Parca se jubilara. Claro que no se iba a retirar nunca, y esto Esteban lo presentía sin ser clarividente.

El tren lo llevó hasta un pequeño pueblo fronterizo que holgaba de ser la ciudad más tranquila del país. Era un pueblo de unas mil personas que salvo por el movimiento en la estación del tren parecía estar completamente abandonado. Las casas, de madera despintada, carecían de cuidado, y la calle principal no tenía más que dos restaurantes, una farmacia, una sucursal de un banco y un bar. Junto a la estación del tren había un hotel de diez habitaciones cómodamente divididas entre el primer y segundo piso. Esteban decidió pasar allí la noche.

Quiso dormir, pero la idea persistente de que la Muerte no era algo inevitable sino una persona con un mal empleo no le dejaba pegar los párpados. Si se hubiera quedado en su habitación hasta que lo venciera el sueño, el rumbo de los hechos hubiese sido otro, pero Esteban optó por vestirse y salir a dar una vuelta. Se encaminó hacia la calle principal, que quedaba a una cuadra de la estación del tren, y lo único que encontró abierto fue el bar.

Entró a la cantina. De no ser por el barman, una prostituta pasada de peso y dos borrachos exagerando verdades de fantasmas, el local estaba vacío. Esteban se acercó al mostrador y pidió una cerveza. La prostituta, que vestía de rojo apretado y se apoyaba en el mismo mostrador, miró de reojo al recién llegado. Esteban no le devolvió la mirada, sino que bebió un sorbo de cerveza –estaba agria, por cierto– tratando de decidir qué hacía allí. La prostituta bostezó y dio una mirada al barman. Se trataba de un señor inmutable, arrugado y flaco, de bigote fino, ya con una generosa frente y vestigios de pelo cano. Le murmuró algo a la prostituta que Esteban no entendió y ella se fue, el sonido de sus tacos al golpear las baldosas ahogándose en la risa repentina de los dos borrachos que en su mesa festejaban un chiste malo. Por su parte, Esteban miró la cerveza, decidió que no iba a beber más y la pagó. Al hacerlo, le preguntó al rígido y enjuto barman dónde quedaba el cementerio.

—Acá no hay.

Esteban preguntó por qué no había cementerio.

El barman se encogió de hombros y agregó: —¿Quién sabe? De repente es porque aquí nunca se queda nadie tiempo suficiente como para morirse.

Tal vez por el cansancio, Esteban pensó que menos mal que traía el cuchillo como siempre envainado y listo para estrenar el cementerio inexistente con el cadáver de algún insolente. En ese preciso instante Esteban dio cabida a una idea que llevó a que los acontecimientos hasta ahora sucedidos desencadenaran en el horror que ya no demoraría en realizarse. Razonó —con la claridad con la que se razona cuando se está cansado, es de madrugada y no se tiene rumbo fijo— en base a las inexplicables premisas de que no era casualidad haber visto a la Muerte y de que su certero cuchillo era capaz de matar a la muerte, que le correspondía a él, Jorge Esteban Aguilar Sánchez, librar al mundo de los cementerios.

Preferible hubiera sido que se librase él de tal idea. Pero una vez que se decidía a algo, no abandonaba su propósito hasta lograrlo. Claro que intención como esta jamás tuvo, así como no tenía idea de cómo llevar a cabo su funesto designio.

Con la mirada recorrió las paredes amarillentas y poco alumbradas del local hasta dar con un reloj que hacía publicidad a una cervecería. La hora estaba en éste marcada. Eran casi las tres de la madrugada, es decir, ya había acabado el horario del sano juicio, y con mucha falta del mismo, Esteban arremetió la mesa de los borrachitos, clavó el puñal sobre la madera marrón y, ante la mirada confusa de los dos, ofreció vida sempiterna al que le dijera cómo encontrar a la Muerte. El primer borracho no entendió la palabra «sempiterna», y el segundo se quedó mirando el filo de la hoja plateada, con lo cual olvidó la magnánima oferta.

Fue ese el borracho que, acomodándose el cuello de la camisa a cuadros que llevaba, dijo al otro: «Yo me voy porque este tipo está bebido». Procedió a ponerse de pie y salir sin pagar. El barman se dio cuenta pero no dijo nada. Esteban, en cambio, siguió al borracho, cuchillo en mano, para reiterarle el ofrecimiento. No obstante, al pasar por la puerta del hotel, el anheloso salvador de todos los vivos se dio cuenta de que nada avanzaba su noble causa al perseguir una madrugada cualquiera a un viejito ebrio en un pueblo de pocas pulgas.

Guardó el cuchillo como siempre, en la vaina que le colgaba del cinto, y tras cruzar el espacio insalubre que se supone era el lobby del hotel subió la escalera que lo llevó al segundo piso. Una vez allí atravesó el largo del pasillo hasta llegar a la puerta de su habitación. Estiró la mano para abrir la puerta, y en el momento en que dio vuelta a la llave sintió que un escalofrío le sacudía el cuerpo. Se estremeció con la sensación de que se le había clavado en la espalda una mirada inhóspita. Con cautela volteó el cuerpo y presenció algo que hasta hace un minuto atrás le hubiera parecido grato, pero al reconocer a la mujer de túnica negra, se le entrecortó la respiración. Esta vez la apariencia era intensa, con los ojos enrojecidos y los labios cerrados herméticamente.

En una milésima de segundo cruzaron por el cerebro de Esteban la saeta voladora de su padre, el propio puñal que llevaba él y la puerta de la habitación a sus espaldas. La aparecida inició un repentino y violento deslizarse por el corredor. Al ver el mortal la forma en que el espectro lúgubre se abalanzaba hacia él, se dio vuelta, estiró la mano hacia el picaporte, bruscamente lo sacudió para abrir la puerta, y atravesó el umbral, temblando y con la piel de gallina. Soltó el picaporte y dio un portazo sin mirar atrás.

Cuando varias horas después de salir el sol entró la mucama a empezar con las faenas del día se encontró con un hombre que tiritaba en posición fetal, cuyos ojos parecían estar a punto de saltar de las órbitas, refugiado en un rincón entre la cama y la puerta del baño. Hasta el día de hoy no ha explicado jamás a nadie lo que sucedió entre el portazo y el amanecer.

El hecho me fue relatado

El hecho me fue relatado cuando empecé a trabajar para el teatro Voglio, hace ya un par de años, en calidad de contador. Me lo contó un conserje añoso cuando apenas tenía yo unos días de trabajar aquí. Me aseguró que el implicado dejó estremecido una carta en la que esbozaba su tragedia, pero nadie hizo caso de aquella hoja suelta, nadie menos el conserje, que asegura que el incidente sucedió. Al principio me mostré reacio a creer tan extraña historia, pero con el pasar de los meses di con un cuarto oscuro y empolvado donde guardan viejos estados de cuenta, recibos, planillas, folletos, programas y toda suerte de papeles amarillentos que nadie quiso tirar. Cierto día me encontraba en ese rincón del olvido buscando una planilla de hace dos años cuando me distraje con unos contratos para que una serie de ilusionistas hicieran varias presentaciones en este teatro. A raíz de ello me he permitido la osadía de leer unos diarios antiguos, formularios olvidados y programas archivados que me han convencido de que el hecho realmente ocurrió.

Fue hace veinte años. Creo saberlo con certeza en base a algunos recortes de periódicos provenientes de los días en que era común que se presentaran no sólo obras teatrales, sino también espectáculos de toda naturaleza: recitales, presentaciones corales, shows de hipnotismo, actos de ilusionismo. El último ilusionista en presentarse, lo hizo, según he podido concluir con base en unos contratos, a fines del verano del año en cuestión. Aparentemente se iba a presentar diez noches seguidas, pero por razones que no me quedan del todo claras, ni siquiera después de investigar el asunto en internet, la primera presentación de aquel ilusionista marcó asimismo el fin del ciclo. No se han vuelto a presentar actos de magia en el Voglio desde entonces.

Me dicen algunos empleados memoriosos, quienes conocieron a otros empleados que a su vez trabajaban acá aquella noche, que las butacas estaban todas llenas. El ilusionista se paró en el escenario luciendo sombrero de gala, traje y capa, vestido todo de un negro impenetrable. Por lo que he logrado averiguar cortesía de algunos vecinos de por estos rumbos, se trataba de un prestidigitador nuevo. Era un joven inmigrante húngaro que trabajaba en la fábrica de acero y de vez en cuando complementaba sus ingresos con la magia de escenario. Por aquellos días comenzaba a gozar de cierto prestigio entre los entendidos de estos lugares, y alguno le llegó a vaticinar fama nacional, o tal vez internacional. Lo que me llamó potentemente la atención fue que después de su presentación de esta noche, se mudó a otra ciudad y aparentemente abandonó la práctica de la magia, por lo menos en público. Con ahínco he buscado su rastro en diarios, revistas, guías telefónicas y hasta entrevistas con otros ilusionistas. Como no logré dar con él, me vi obligado a contratar a un detective, el cual me presentó pruebas de la muerte hace cuatro años del mago. Se llevó a la tumba el secreto de su participación en el suceso que nos atañe.

Lo que sí sé es que aquella noche con suma elegancia comenzó a hacer una serie de trucos sobre el escenario que fascinaron a grandes y chicos, quienes aplaudían con entusiasmo al terminar cada truco. En particular me comentan que colocó unas diez o quince crías de tortugas marinas sobre la mesa y al son de una frase en algún místico idioma —me atrevo a adivinar que fue sánscrito— una por una comenzaron a traspasar la mesa y caer dentro de un tanque de agua colocado estratégicamente para amortiguar el golpe. Hemos de suponer que la gente aplaudió. También se rumorea que tenía una ayudante rubia que gracias a un par de palabras mágicas enunciadas por el hombre de negro cambió el color de cabello tres veces frente a un público entusiasmado que volvió a aplaudir con estruendo. Me llama la atención que el protagonista del espectáculo no hizo ni uno solo de los trucos tradicionales. Por ejemplo, no cortó a su ayudante ni en dos ni en tres. La sentó en una silla de madera e hizo levitar la silla, cosa que puso al público a aplaudir con vehemencia. Acto seguido, según he comprobado gracias a una serie de fotografías ya descoloridas, hizo aparecer frente a los ojos atónitos de los presentes y adentro de una jaula vacía a un gorila grande y peludo que por estar en estado de frenesí casi se soltó. Tras el susto momentáneo, la gente siguió aplaudiendo. Me suena a que fue un espectáculo innovador y enigmático.

El momento culminante de la noche llegó cuando el mago, sombrero en mano, anunció con voz chillona y acento extranjero que iba a hacer desaparecer a una persona de entre el público presente. Señaló con el dedo a varias personas y les pidió gentilmente que se pusieran de pie. Algunos sostienen que se pararon unos diez, otros dicen que fueron tres o cuatro. El número no importa. El mago colocó sobre la mesa varios tamboriles rojos, verdes y blancos con forma de polígono. Acto seguido procedió a explicar que iba a dar vuelta todos los tamboriles y que una vez que diera vuelta él último, una de las personas que estaba de pie se iba a volver invisible. O tal vez dijo que iba a desaparecer, no estoy seguro. Uno de los hombres que estaban parados era un señor joven y bien apuesto, aunque apenas pasado de peso, que se puso visiblemente nervioso. Seguramente tuvo un presentimiento sobre lo que le iba a acontecer y empezó a abrirse paso hacia el pasillo. Cuando finalmente llegó hasta dicho pasillo se encaminó hacia la puerta de entrada, pero en lugar de salir de la sala se detuvo para observar al mago que, por su parte, comenzaba a dar vuelta los tamboriles. Cuando dio vuelta el último tamboril, demostrando la más pulcra destreza de un mentalista, pronunció el nombre del varón parado junto a la puerta, y le clavó la mirada.

Lo que sucedió a partir de ese punto es lo que no logro confirmar, aunque tampoco consigo desmentirlo. Aparentemente cuando de súbito apareció la hoja de papel, algunos empleados lo consideraron cosa de algún espectro, pero el conserje asegura que no era asunto de aparecidos. De todos modos, con el pasar de los años perdió la hoja y ahora nos queda únicamente el recuerdo lavado de cloro del viejo empleado.

Parece ser que el señor se estremeció al escuchar su nombre, nombre que, por cierto, nadie me sabe decir, y dio grandes voces, pero al verse intacto suspiró y se rio. Subió al escenario y le habló al mago, pero el hechicero no le contestó: estaba demasiado ocupado haciendo reverencias frente a un público que aplaudía de pie largamente y vitoreaba la proeza del maguísimo. Por su parte, el pobre desaparecido gritó, saltó, se paró frente al mago y rogó que no aplaudieran, dio un alarido para mostrar que no se había esfumado, pero nadie lo vio. Debió de haber concluido que era un truco de espejos, por lo que se bajó del escenario y salió por la puerta.

Al salir al corredor principal vio que se le acercaba una muchacha con el uniforme de pantalón negro y camisa fucsia que en aquellos días caracterizaba a los empleados del Voglio. Aclaro que en mis investigaciones he concluido que cuando se presentó aquel show el teatro no tenía un solo empleado representante del sexo femenino, lo cual me hace dudar de la existencia de la mujer. Pero si es que existió ella, lo miró y le sonrió. Eufórico, él la tomó por los hombros y le preguntó si lo veía. Un poco intimidada, ella dijo que sí. Así que él la soltó, se paró detrás de ella y asiéndole firmemente las muñecas le explicó su plan. Iban a entrar a la sala y ella les iba a declarar a los presentes que el desparecido allí estaba y que era apenas un consabido truco de espejitos. En lo que sin duda fue un episodio bastante incómodo para la muchacha, ambos entraron a la sala, él sin soltarla ni por un segundo. Ya sobre el escenario ella dijo que había visto al desaparecido cuyo nombre me duele no poder descubrir mediante mis indagaciones.

Satisfecho, el hombre la soltó y los dos descendieron por los escalones negros que daban al pasillo, pero cabe resaltar que ni el público aplaudió ni el mago les dirigió la vista en momento alguno, por lo cual los dos abandonaron callados la sala. Al encontrarse nuevamente en el corredor, la muchacha, un poco confundida por todo, miró al no muy caballeroso caballero directo a los ojos. Enfurecida le espetó que le molestaba que él hubiese sido tan brusco con ella, que no por ser mujer iba él a darle ese trato y que esperaba no verlo nunca más.

Dicen que el señor se fue al baño bastante abochornado y que una vez allí se detuvo frente al lavabo pero que no se pudo ver en el espejo. Me imagino que dio un grito de dolor y que salió apresurado al corredor, a la sala del teatro y a la calle en busca de la muchacha, pero ella ya se había ido. O tal vez al salir corriendo del baño y no encontrar a la empleada buscó desesperado que otros lo vieran o escucharan, pero al no lograr que ninguno de los que estaban en el vestíbulo le hiciera caso, buscó una hoja y anotó todo lo sucedido en un vano y precipitado esfuerzo por obtener auxilio. Sea como sea, en algún momento salió a la calle. Nadie lo volvió a ver jamás. Se desvaneció por completo.

64

Un pedacito de cáscara de manzana

Hacía cinco semanas se había enterrado un pedacito de cáscara de manzana entre un diente y la encía y, ahora, con el pedacito todavía clavado en la carne, discaba el número telefónico de Dita. Lo del pedacito incrustado de cáscara se lo había buscado. Es uno de los riesgos más comunes de comer manzana, pero a Juan no le importó. Se levantó con ganas de experimentar el mundo como nunca antes, de verlo irreal y hermoso, así que cuando encontró la manzana, roja como sangre recién oxigenada, dentro de un recipiente lleno de frutas, no resistió la tentación de tomarla en la mano y darle un mordisco con toda el alma.

Saboreó la manzana con fascinación. Seguramente su padre había probado manzana por primera vez de manera similar, aunque Juan no podía estar del todo seguro. Tenía veinte años y vivía solo con su abuela. No tenía idea de quiénes eran sus padres, y su abuela estaba demasiado ocupada criticando a media parroquia como para hablar con él de ese tipo de trivialidades. Así que, absorbido por la refrescante invasión de pulpa en su paladar, le dio otro mordisco a la fruta brillosa. Agarró un diario de hacía una semana que su abuela había dejado por despiste sobre la mesa de la cocina y empezó a hojearlo, sin dejar de llenarse de placer cada vez que le clavaba los dientes a la fruta.

Llegó a la página siete de las sociales y, en el preciso instante en que vio una foto de la presidenta de la asociación estudiantil de la Universidad Católica, sintió que se le clavaba algo finito y filoso entre el premolar inferior y la encía. Su abuela le había advertido que no comiera manzana ya que tarde o temprano le iba a pasar eso, pero no lo creyó hasta el momento en que vio la foto y sintió la intrusión punzante. Su deseo de vivir cada día como si fuera el más bello no le permitió inmutarse por el pequeño accidente sino que lo disfrutó. Miró la foto y le pareció que jamás había visto muchacha de cuerpo tan irreal y rostro tan hermoso. Pasó varias horas mirando la foto, y cuando por fin logró sacar la vista de ella leyó el artículo por arribita y descubrió que era una nota informando de algunas de las actividades que iba a organizar la asociación. Dispuesto a conquistar el mundo, o por lo menos el mundo de la extraña de cara seria fotografiada en el periódico, decidió asistir a uno de los bailes anunciados, sin saber que esta decisión lo llevaría a discar el número de la extraña cuando ya no fuese extraña y cuando él ya acostumbrase a comer manzana todos los días.

Las cuatro semanas de espera hasta la noche de la fiesta casi lo enloquecieron. Se pasaba escribiendo poemas de amor y tratando de escoger la estrategia más apropiada para hablarle. En su mente imaginaba el momento oportuno y repetía los versos que le diría en tal ocasión. Le revoloteaba el alma como paloma blanca enjaulada. Su abuela notó el cambio repentino en él, y una mañana, picando ajo en la cocina, le dijo: «Empezaste a comer manzana». Juan sintió miedo de mentirle a su abuela ya que ella tenía una de esas miradas penetrantes que escudriñan cada rincón del alma, así que no lo negó. La anciana se quedó callada un par de minutos y al terminar de picar el ajo le comentó que había tenido un sueño. «No le des rosas», concluyó la abuela sin comentar más. El tema no volvió a hablarse, así que Juan siguió haciendo planes de amor y conquista.

La noche anterior a la fiesta no pudo dormir. Pensó que iba a estar cansado, pero al llegar la hora del reventón ni siquiera tenía ojeras. El baile era en una casona vieja situada en las afueras de la ciudad. Había sido construida por un magnate petrolero que terminó volándose los sesos cuando su esposa lo abandonó y dejó del país con un indígena que iba rumbo al Ecuador. Años más tarde, los hijos del difunto, quienes habían heredado la casa, la habían donado al municipio, el cual terminó utilizándola para funciones públicas o privadas.

Juan pagó la entrada y al pisar la sala se quedó maravillado por el cuarto enorme de ensueño que vio. Una araña gigante y negra se balanceaba desde el techo distante y gris. Las paredes estaban repletas de ventanas altísimas que no dejaban ver hacia afuera porque las habían tapado con pesadas cortinas verdes de terciopelo. Los muebles, tan antiguos que rayaban en lo barroco, le daban un aspecto embrujado al ambiente, a pesar de la música moderna que sonaba a todo volumen.

En medio de la sala, invadiendo el lugar mágico, había un tumulto de gente que bailaba eufóricamente a ritmo de salsa, cumbia, merengue y hasta rocanrol. Juan observó la masa humana que sudaba y se movía sensualmente. Examinó cada rincón y espacio con la vista para hallar a quien buscaba. La encontró bailando con un moreno que era obviamente de la costa debido al sabor con el que se movía. Ella, quien llevaba puesto un vestido verde como el mar, también se movía, aunque con mucho menos intensidad. Juan se sentó en un sillón de terciopelo rojo y le clavó la mirada a la muchacha. Ella no demoró mucho en darse cuenta de que un par de ojos la vigilaban. Al principio con disimulo, pero cada vez con más atrevimiento, empezó a devolverle las miradas al muchacho de pelo oscuro y ojos que, azules como el atardecer, la miraban intensamente. Ninguno de los dos se sonreía, pero el contacto visual era alevoso. Finalmente ella se disculpó y dejó a su compañero sólo en la pista. Caminó directamente hacia Juan y se le paró enfrente.

—¿Te conozco? —preguntó ella sin sacarle los ojos de encima. Él se sorprendió al notar que sus ojos y el vestido eran de idéntico color, como si la tela del vestido fuera una extensión de sus ojos.

—No. Me llamo Juan Cantarelli —le contestó—. ¿Y tú?

—Me dicen Dita.

Juan la tomó de la mano y le puso un reto: —¿Bailamos?

Ella asintió con una sonrisa bien correspondida por él y los dos, juntos de la mano, caminaron hacia el medio de la montonera humana. Como controlados por una fuerza extraña bailaron con toda el alma. Se dejaron llevar por el ensordecedor ruido de los parlantes. Se acercaban y alejaban, moviéndose provocadoramente, al son de las notas musicales que sentían en los huesos y hacían vibrar el piso. Se pasaron horas los dos juntos en medio del lago de gente.

Ya empapados de sudor y cansados se tomaron de la mano y, tras sugerencia de él, se alejaron de la sala. Se abrieron paso entre jóvenes ebrios que desde el piso trataban de recordar sus propios nombres. Salieron afuera y encontraron un rinconcito, entre la pared de la casa y unos arbustos del jardín, desde el cual se veía el firmamento. Como dos enamorados, se sentaron a ver las estrellas y la luna. Parecía tan distante que la inmensidad del espacio los hizo estremecer. Hablaron de lo que les hacía sentir el cielo tan lejano y prosiguieron a contarse vida y obra. Cuatro horas más tarde se conocían como nadie: no había secreto que no se hubiesen revelado. El amanecer los encontró besándose apasionadamente y prometiéndose el consabido amor constante más allá de la muerte.

Ambos tenían qué hacer, por lo que se abrazaron, a manera de despedida, en el pórtico de la casa. Juan vio un rosal que desafiaba a la naturaleza y presentaba sus vivas rosas rojas completamente florecidas a pesar de ser temprano en la mañana. «Te voy a dar un recuerdo de esta noche», le dijo a Dita y corrió hacia el rosal. Justo cuando iba a cortar una de las flores, recordó la admonición de su abuela. Titubeó por un segundo, pero hizo caso omiso a la advertencia y le llevó la flor a Dita. Ella respondió el gesto con una sonrisa amplia y un enloquecedor beso de hasta pronto.

A pesar de llevar dos noches sin dormir, Juan no se sintió para nada cansado. Volvió a casa y al entrar en la sala vio a su abuela sentada y rezando el rosario. De inmediato a Juan lo invadió un sentimiento de culpa que no podía explicar. La abuela estaba en la última cuenta y al terminar se puso de pie, caminó despacio hacia su nieto, le dio un beso en la frente y siguió hacia la cocina. Juan se encerró en su propio cuarto y trató de dormir, pero no pudo. Se dio vuelta en la cama una y otra vez, recordando con lujo de detalle cada una de las incidencias de la noche anterior. En su mente recordaba una y otra vez lo que se habían dicho. Unas dos horas más tarde, sin haber pegado el ojo, se puso de pie, buscó un cuaderno y le escribió cuarenta y dos poemas a Dita.

Una vez que gastó todos los recursos de su enamorado intelecto salió a la cocina en busca de manzanas. Tomó una en cada mano y se las comió en cuestión de dos minutos. Como las manzanas no lo saciaron sacó del bolsillo delantero del pantalón el número telefónico que ella le había dado. Lo discó y atendió el padre de Dita que, tras preguntar quién la llamaba, dijo que ella no estaba en casa. Varias veces al día por siete días seguidos se repitió la ceremonia, con un Juan que seguía sin dormir y un padre de Dita cada vez más irritado, hasta que finalmente atendió ella el teléfono. Se hizo silencio y ninguno de los dos supo qué decirse. Fue él el que rompió el silencio invitándola a comer. Ella hizo aún más silencio y él le comentó de la experiencia espectacular que era comer manzana. La única respuesta que ella le supo dar era que no era posible: «Y de hecho, tal vez sería mejor que no nos viéramos ni habláramos más».

Anonadado, Juan le pidió una explicación, ya que las cosas que se habían dicho y las promesas que se habían hecho debieron ser eternas.

—No sé, no sé qué me pasó. No fui yo la de esa noche.

La conversación murió tras otra larga pausa marcada por la incertidumbre, la cual culminó en un adiós quebrantado. Tras colgar, a Juan le pareció que iba a vomitar, así que corrió al baño, pero cuando hizo las arcadas sobre la pileta, lo único que salió de su boca fue un pedacito chiquito y marrón de cáscara de manzana. El muchacho se sintió mejor de inmediato y volvió a su cuarto. Junto a su cama vio un diario con una foto de una muchacha como cualquier otra y un montón de poemas que no recordaba haber escrito. Le parecía irreal que él los hubiera escrito así que los arrancó tranquilamente del cuaderno y, bostezando por el cansancio, los tiró a la basura al igual que al diario viejo.

No entendía por qué, pero el cansancio era tan abrumador que se quedó dormido y no soñó nada.

Los libros de la abuela Josefina

La tarde en que llegaron los libros de la abuela Josefina, el cielo se descalabró en un chaparrón con ecos de diluvio universal justo en el momento en que María Sofía salía del trabajo. No tenía paraguas, pero vivía a dos cuadras de ahí, así que corrió bajo esa lluvia aplastante sin detenerse, excepto en el semáforo anterior al apartamento, donde el aluvión de coches que partía las aguas que anegaban la calle la obligó a detenerse. Se arrimó a un almacén esquinero buscando el resguardo de una cornisa, y fue mientras esperaba que vio a un pirata venir caminando sin apuro por la vereda. Llevaba sombrero tricornio, camisa blanca, casaca de terciopelo marrón, pantalón negro, botas del mismo color, una bandolera que a duras penas escondía una pistola de dos cañones, y para rematarla, cargaba un sable. Aunque el pirata se empapaba como todo el mundo, andaba sin apuro, con cierto aire arrogante. Entró por la puerta del almacén, y al pasar junto a Sofía le hizo una reverencia con la cabeza. La muchacha vio que cambió la luz del semáforo, y se abalanzó a la calle. Recorrió sin demora la media cuadra que la separaba de su apartamento de segundo piso en el que vivía desde hacía tres meses. Se subió al diminuto ascensor, y al abrirse las puertas de éste en el segundo piso vio que el cartero le había dejado un paquete embalado en papel de diario y cinta adhesiva. No bien Sofía lo vio, sonrió y una melancolía de arroz con leche se le acomodó en los ojos.

Hacía un mes del fallecimiento de la abuela. Sofía había viajado de regreso a la capital acompañada de su más sentido luto para asistir al velorio y al entierro. Le hubiese gustado quedarse con su madre unos días más para decidir qué hacer con el poco patrimonio material de aquella vieja que había recorrido los últimos años de su vida en una demencia senil que rara vez la sacaba del dormitorio en que llevaba años anidada. «Mandame los libros», le dijo Sofía a su mamá al despedirse.

Un mes después, su madre cumplió con el pedido, y ahora Sofía colocaba la caja con cuidado encima de la mesa de un living escueto y ordenado. A la mesa la flanqueaban cuatro sillas y la coronaba un florero con flores de plástico. A su derecha había un mueble para el televisor y junto a éste un librero lleno. Del otro lado había dos ventanas más altas que anchas, y junto a una de ellas, una mecedora de madera y mimbre.

Sofía abrió la caja y lo primero que encontró fueron tres fotografías: una en blanco y negro, de la abuela cuando estaba soltera; y dos a colores, de la abuela con Sofía cuando niña y ya más grandecita. También sacó una blusa tan colorinche que competía con la aurora boreal, un cuaderno viejo de tapa azul y trece libros amarillos, que uno por uno fue revisando: *Mujercitas, Cuentos de la Alhambra, Bomba el niño de la selva, Sandokán, Bouchard el corsario, Heidi, La isla del tesoro, La isla de la aventura, El Corsario Negro, La reina de los caribes, La hija del Corsario Negro, Heidi y Peter* y *Los hijos de Heidi.*

La joven siempre había visto esa colección en el cuarto de la abuela, y en muchas ocasiones se había metido en secreto a revisar el tesoro. Nunca se animó a pedir los libros prestados. Ahora, cada tomo que sopesaba en la mano, mirando el lomo y los simpáticos dibujos de la tapa, le traía algún recuerdo de la vieja gruñona, especialmente de los días antes de que los delirios se la tragaran por completo. Recordaba que le pellizcaba la mejilla, que siempre le decía que no apoyara los codos en la mesa, que cada vez que iban a visitarla ella la esperaba con caramelos, que siempre le preparó sopa de letras. Ahora, con los libros en dos pilas sobre la mesa, Sofía sentía la misma angustia que sintió el día en que la abuela ya no la conoció más. «Es que se murió en vida», balbuceó al recordar ese día, y levantó la mirada. Había dejado de llover y un sol jactancioso espantaba las nubes que se congregaban en un horizonte de retirada. Las ventanas daban a una calle angosta de casitas grises.

Sofía volvió la mirada al cuaderno añejo y con curiosidad lo abrió. Pasó rápidamente las hojas para descubrir que estaba lleno, cada hoja marcada por los trazos prolijos de la letra de la abuela Josefina. La nieta recordó que la abuela había terminado apenas el quinto año de escuela cuando tuvo que abandonar los estudios para empezar toda una vida de labores domésticas al servicio de gente pudiente. Recordó también que a pesar de su poca formación académica, siempre tuvo letra de flores y retoños. Sofía revisó el cuaderno y concluyó que en las manos tenía una colección de cuentos imaginados o de historias verídicas, episodios cortos todos, fijados en azul sobre blanco por el desaparecido puño de su abuela.

Ante tan inesperado hallazgo, se sentó en la mecedora junto a la ventana y empezó a leer en la primera página. Era un cuento acerca de los últimos días de primavera en un pueblo que fue vapuleado por un mes de lluvias apocalípticas. El pueblo existía en torno a un puerto natural, no muy ancho pero sí profundo, al que se arrimaban marinos y comerciantes de todo calibre. Cuando Sofía llegó al final del primer cuento —en el que finalmente dejaba de llover y empezaban los preparativos para la feria— le pareció un sitio perfecto para pasar el verano.

Levantó la vista y miró por la ventana: allí vio un mundo soñado en los tiempos de noches tranquilas. El manto azulado del cielo, del que colgaban plácidas unas nubes finas de algodón estirado, servía de cúpula a un puerto de pueblo chico, a una estrecha lengüeta de mar por cuya superficie plateada surcaban botes de pesca y transporte personal. Corbetas astutas, bergantines impacientes y fragatas holgazanas descansaban juntadas al puerto. Un galeón regordete se avistaba a lo lejos. Sofía notó que el otro lado del puerto daba a una colina donde los tonos de verde de árboles primaverales se revolvían entre casitas de fachadas amarillas, azules, anaranjadas o marrones. En la cima de la cuesta se posaba erguida una iglesia de ladrillo rojo cuya única torre se revestía de tejas negras. Bajó la mirada y vio una calle empedrada. Cruzando la calle estaban los muelles donde atracaban los barcos. Entre la calle y los muelles se habían instalado una multitud de toldos de todo color: era día de feria.

La joven miró el cuaderno, volvió la vista hacia la ventana y sintió un cosquilleo en la nuca. Dejó escapar una sonrisa de nenita que acaba de robarse una galletita y, bajando el cuaderno abierto al piso de madera, se dirigió a la puerta. Al poner la mano en el picaporte sintió que se le debilitaban las piernas. Dudó. Pero la curiosidad pudo más que la cautela y cruzó el umbral de una zancada.

Donde esperaba ver el ascensor encontró una escalera de caracol cuyos peldaños blancos de madera crujían bajo el peso de sus pisadas que iban cargadas de tanta expectativa como prisa. Cruzó el zaguán revestido de enredaderas, abrió el portón azul y salió a la vereda. Al encontrarse fuera, observó intrigada a los transeúntes que iban y venían sin reparar en ella, quien con su pantalón vaquero y buzo verde de manga larga parecía llegada del espacio sideral. Cruzó la calle para perderse entre el gentío de la feria. Andaba maravillada, escuchando idiomas de todos los colores. Los puestos estaban atendidos por hombres y mujeres que pregonaban las virtudes de lo que ofrecían: flores recién cortadas, rones bien añejados, hortalizas sin lavar, granos sin descascarar, telas de la India, papagayos del Amazonas y cueros de España. Por acá un sudoroso herrero sostenía con tenazas un metal incandescente al que daba martillazos inclementes. Por allá un juguetero de sonrisa fabricada ilusionaba a los niños con muñecas de trapo, trompos de madera y bolitas de vidrio. Por todos lados había quienes vendían salchichas, jamones, guisos, churros, pescados frescos. Un popurrí de olor a lluvia, flores, frituras y sudores danzaba por el aire.

Sofía lo bebía todo por sus ojos bien abiertos, casi sin pestañar. Dirigió la mirada a los navíos, que tras los puestos llevaban sus propias actividades de carga y descarga, limpieza y ocio. Para observar más de cerca a un bergantín que estaba atracando, se escurrió entre un toldo bajo el cual una gitana tiraba las cartas y un puesto donde vendían cerveza de un barril enorme y sucio. Era una embarcación de casco negro y dos mástiles cuyas velas estaban ya arriadas. No llevaba bandera y en la cubierta portaba una decena de cañones. Una placa de madera anunciaba, en la proa, el nombre del barco: El Peregrino. Se quedó parada a pocos metros del agua, mirando por largo rato y sin reparo a unos marineros primero bajar las defensas, después saltar al muelle y finalmente recibir y atar las amarras de proa y popa. Una vez concluida la maniobra, otros bajaron una tabla que, ajustada con ganchos de fierro al lado del barco y sujetada a tierra, servía de rampa a los hombres que se iban bajando de a poco para desvanecerse en la feria.

El primero en tocar tierra fue uno que, por las reverencias que le hacían al saludarlo algunos lugareños, era el capitán. Sofía se había percatado que él la miraba desde la cubierta, y ni bien desembarcó, éste se acercó a ella con un andar carente de apuro y con cierto aire arrogante. Se sacó el sombrero y tras una venia, se presentó en perfecto castellano:

—Soy el capitán Arteaga, y es un placer conocerla.

Sin saber bien qué decir, Sofía miró de reojo para los costados, y se dejó llevar por un ánimo de improvisación que ni siquiera sabía que llevaba por dentro: le devolvió la venia y sonriente se presentó con seudónimo que improvisó pensando en el país más distante que se le ocurría:

—Soy hija de los duques… de Montenegro. La hija mayor.

—Muy bien, Montenegro —dijo el capitán señalando su navío con la palma extendida—, veo que admira usted mi glorioso bergantín, que se lo gané en un duelo a un corsario inglés, y, nada, le cambié el nombre, porque desde que lo vi supe que estaba hecho para más que la caza de piratas.

El capitán Arteaga empezó entonces a derramarle elogios a su navío: cuanta exageración le cabía en su marítima imaginación la espetaba para galardonar su barco. Entre alabanza y alabanza, dirigía algún piropo trillado a la muchacha que con sonrisa de mañana de Día de Reyes todo lo recibía asintiendo con la cabeza. Detrás del capitán, los marineros desembarcaban a toda risotada, algunos cargando cajas y otros sacos de yute. Dos marineros macizos y barbudos bajaron cargando un cofre negro, y al llegar al pie de la rampa le dieron voces al capitán de que ya partían a la posada.

Sin desviar la mirada que había fijado en la muchacha, el capitán Arteaga hizo señas con la zurda de que siguieran, mandato que obedecieron sin más. El jefe, con la voz firme de quien puede mandar un navío, le dijo a Sofía de Montenegro:

—Acompáñame a la taberna, que me voy a hospedar en la posada, y entre ron y ron te contaré mis hazañas.

Ella titubeó, y el mandamás del barco se demostró algo impaciente:

—Venga, vamos.

Sofía recorrió la feria con la mirada saltarina, se cruzó de brazos y bromeó que poco le interesaban los cuentos de fiestas, siempre tan faltos a la verdad. Por apenas un instante, el rostro del capitán Arteaga se tornó como pedernal, pero enseguida dejó escapar una risa tan poco sincera como duradera, tras lo cual cambió la estrategia aunque no la invitación:

—Vale, vamos a la «Almirante Pym» que ahí me cuentas de tu ducado de Montenegro. Venga, que yo conozco el mundo entero y en la vida me han contado del tal Montenegro.

A Sofía le agradó la persistencia del capitán, y había en el rasgueo de su voz algo suavemente emocionante, pero ir a meterse en un antro para terminar borracha entre las sábanas inmundas de un arrogante lobo de mar que al otro día se esfumaría entre la marea le resultaba un prospecto en todo desencantador. Lo que sí le parecía intrigante era El Peregrino y todos los rumbos que, meciéndose casi imperceptiblemente, prometía.

—De Montenegro no tengo nada que contar, pero me encantaría que me dieras pasaje en tu barco hasta tu próximo destino —contrarrestó Sofía.

El capitán no pudo disimular la irritación, y con un vaivén de la mano izquierda escupió una maldición tras la cual aclaró que El Peregrino no era barco de pasajeros ni el capitán Arteaga conductor de una balsa. ¡Nadie se subía al más veloz de los bergantines sin tener su faena!

Sorprendida por la reacción, pero siguiéndole el pulso a la conversación, Sofía prometió ayudar a limpiar hasta llegar al próximo puerto, ofrecimiento que el capitán refutó:

—Ya tengo quien me haga el baldeo.

La muchacha, percibiendo que le quedaban pocas

maniobras para ganarse un cupo, ofreció cocinar.

—Que ya tengo todo eso —gruñó el capitán Arteaga y, dándole la espalda a la viajera frustrada, se deslizó entre los puestos y las gentes de la feria.

Sofía amagó como que lo iba a seguir, pero en vez se encogió de hombros y continuó recorriendo el puerto, su mirada revoloteando como las gaviotas que se colgaban juguetonas en el viento. Cuando llegó al final del lugar, se sentó en una butaca de madera que daba a una escollera. Estiró las piernas, se puso las manos en los bolsillos, y se quedó mirando a los muchos pescadores que se habían congregado allí, en la brisa apresurada y al borde de la marea viva. A Sofía le llamó la atención que uno de los pescadores era mujer. Llevaba una chaqueta negra y a su lado había un balde amarillo, junto al cual reposaban algunas herramientas. Tenía el cabello cano, que se le colaba como paja debajo de un gorro también negro. A pesar de su frágil figura, sostenía la caña con firmeza ante un hilo tirante que pugnaba por meterse en el mar como anguila de río llevada por la corriente. La pescadora manejaba el carrete con destreza. Era una mujer de manos huesudas, seniles. El tira y afloje cedió cuando un pez fino quebró la superficie enganchado por la carnada. Con su ojito plateado parecía mirar el mundo seco con fascinación y pavor. La pescadora lo colocó en el suelo, se agachó para asirlo con la mano izquierda, y con la derecha agarró un martillo que tenía al lado del balde. Sofía se sobresaltó cuando la pescadora bajó el martillo con precisión de francotirador sobre el diminuto ser, convirtiéndole la cabeza en una papilla viscosa. Ante la mirada confusa de Sofía, la pescadora le sacó el anzuelo y dejó caer el pescado en la cubeta amarilla.

El espectáculo le resultó un poco crudo, haciéndola reflexionar en lo alejado que estaba este sitio de su propia vida. Sintió un dolor punzante en la cabeza, por lo que decidió regresar a casa a tomar algún remedio. Empezó a recorrer el mismo sendero por el que había llegado hasta la escollera, pero el cielo se había tornado azul tinta y todo parecía diferente, achatado. Había menos personas rondando el puerto, algunas con dificultad, cortesía de una generosa dosis de alcohol. Muchos de los puestos de la feria estaban cerrados, cubiertos por lonas monocromáticas. Empezó a sentir que le picaba el hambre como un tornillo apretado en el estómago. Al cruzar la calle empedrada en busca de su propio apartamento sintió que se le agitaba la respiración: no reconocía ninguna de las fachadas. Tres hombres que pasaron por allí le dijeron algo en un idioma que ella no entendía. Cobró consciencia de que su vestimenta era muy distinta a la de los demás. Se cruzó de brazos y aceleró el paso.

Trataba de recordar el aspecto del apartamento y la memoria le resultaba elusiva, como un niño que empieza a huir de sus padres en una plaza concurrida y se pierde de a ratos entre las piernas de los mayores. Le venían pantallazos dispersos: una caja de libros, una mecedora, una escalera o tal vez un ascensor. La desorientación, el dolor de cabeza y el hambre la distraían en su andar. Recordó un portón azul, de madera, y un zaguán. Fijó toda su atención en este detalle y, como si alguien le hubiera susurrado el camino, se encontró frente a ese mismo portón. Lo empujó con la mano, y al ceder éste, Sofía entró titubeante y subió la escalera hasta su apartamento, que allí seguía a la espera del regreso de ella.

Abrió la puerta y, todavía de brazos cruzados, se acercó a la ventana. Comprobó que nada lo había imaginado, que a la penumbra de lámparas de aceite y una luna enorme, seguía el puerto con sus barcos, puestos y gente. También comprobó que el cuaderno de su abuela estaba todavía abierto en el piso. Lo levantó y colocó cerrado en la mesa junto a los libros.

A sus espaldas escuchó el chillido de un frenazo seguido del enojo de un bocinazo.

Sofía sonrió, tras lo cual fue a la cocina, tomó una aspirina, se alimentó con pescado sacado del congelador, y se metió en su pieza. Durmió toda la noche bien acobijada, hundida en un sueño profundo, espeso, como un vaho de ultramar en el que el capitán Arteaga, de pie en la cubierta del castillo de proa, le sonreía afablemente.

En los días que siguieron a ése, cuando regresaba de trabajar, Sofía hojeaba los libros de la abuela Josefina. Acompañaba la cena con lecturas de *Mujercitas*, y leía pasajes de *La reina de los caribes* cuando se sentaba en el inodoro. Usaba las fotos de la abuela Josefina como separadores, para no perderse. A veces se sentaba en la mecedora y se quedaba mirando por horas los autos que pasaban por la calle y las fachadas monótonas de las casitas de enfrente. En alguna ocasión bostezó. No conocía a ninguno de sus vecinos, pero los veía a veces entrar o salir de sus casas, sobre todo una viejita de motas canosas que siempre a las 7:00 de la tarde salía de bata para pasear a un perrito salchicha. Varias veces Sofía tomó el cuaderno de la abuela Josefina y se lo apoyó en la falda, pero no lo abrió.

Cinco días después de visitar el puerto, Sofía no regresó directo a su apartamento sino que fue en ómnibus hasta el centro. Allí se compró un aerosol de pimienta en una tienda donde se codeaban cantimploras con carpas, y bastones retractiles con garrafas de gas. Tres días después pasó por una tienda de disfraces, pero nada de lo que vio allí le resultó creíble. Dejó pasar dos días y se decidió por presentarse a la vecina del perro salchicha. La vecina la dejó pasar, y le habló por horas del perrito, de los hijos que ya nunca pasaban a visitarla y del finado, que Dios lo tenga en Su gloria. Antes de partir, Sofía le pidió prestadas una pollera —la más larga que tuviera— y una blusa.

Al día siguiente no fue al trabajo. Pagó las cuentas de la luz, el agua, la tarjeta de crédito y el alquiler del mes siguiente. Después se sentó a la mesa del living y escribió una carta a sus padres, que puso en un sobre, cerró con un beso y llevó al correo. Se cambió el pantalón vaquero por la pollera larga, y el bucito amarillo que llevaba por la blusa plateada que le había prestado la vecina. No se miró al espejo porque sabía que parecía una gitana de película de bajo presupuesto.

Con el cuaderno de la abuela en mano, se sentó en la mecedora y empezó a leer el segundo cuento, que trataba de un viejo marinero que llegaba a una taberna con un cofre de doblones de oro robados. Sofía empezó a sentir frío, y al levantar la mirada, allí estaba el puerto, prácticamente desolado en una noche de niebla. Sin soltar el cuaderno se puso de pie y trató de distinguir las formas fantasmales de los barcos atracados. Cuando reconoció a El Peregrino sintió cosquillas en la nuca. Dobló el cuaderno de la abuela dejándolo abierto y lo puso en una cartera junto al gas de pimienta. No demoró en escurrirse por la escalera y llegar a la vereda.

De inmediato sintió frío, pero tan decidida estaba a encontrar la taberna del tal almirante Pym que no se dio vuelta a buscar abrigo. Empezó a caminar por la calle que corría en paralelo al puerto, prestando atención a las fachadas de madera y ladrillo que la adornaban. Buscaba una taberna o una posada, que calculaba Sofía no podía estar muy lejos de El Peregrino.

Encontró la posada cuando ya el frío le empezaba a calar los huesos y la respiración se le escapaba en fumarolas de vapor. Era una casona de dos pisos, de fachada blanca con vigas marrones, que tenía ventanas tanto en la planta baja como en el piso de arriba. Se extendía de encima de la puerta un tronco del que colgaba un cartel que en letras doradas anunciaba el nombre del hospedaje.

Sofía apoyó la mano en la puerta y sintió inseguras las piernas, pero el frío pudo más que la cautela y se metió de una zancada. En el interior vio cinco mesas redondas, varias de ellas ocupadas por marineros tomando alcohol y comiendo pollo con las manos o sopa con cuchara. Al fondo había una escalera que llevaba al piso de arriba, junto a una puerta que podía llevar a un pasillo o tal vez a la cocina. De esa puerta salió un hombre cargando un plato de sopa con las dos manos. Sofía sintió la calidez de una hoguera que ardía en una chimenea de ladrillo. También percibió que de a poco los hombres empezaban a callar y a fijar la mirada en ella. Empezó a recorrer a los comensales con la mirada, hasta que finalmente dio con el capitán Arteaga, quien al verla largó una risotada alegre y dejó caer la cuchara en el plato casi vacío.

—¡Haced lugar para la Montenegro! —gritó y de un manotazo corrió al marinero que estaba sentado junto a él.

Sofía se acercó a la mesa, con la cautela de un felino, y se sentó junto a los cuatro hombres, pero no al lado de Arteaga sino frente a él. El marinero desplazado meneó la cabeza y volvió a ocupar su lugar, enterrando sin demora los dientes en una pata de pollo a medio comer.

—Vine a que me des pasaje en El Peregrino —soltó ella sin rodeos.

El capitán Arteaga nada contestó, recogió la cuchara y con ella sorbió un poco más del caldo espeso que tenía en el fondo del plato. Se pasó la lengua por el labio superior y dijo que no, que en El Peregrino no había lugar para más tripulantes.

—Seré la cronista de tus hazañas. ¡El mundo entero se enterará de los viajes de El Peregrino y las proezas del capitán Arteaga!

—¿Dónde aprendiste a escribir? —preguntó intrigado el capitán, que era el único de su tripulación que era capaz de escribir algo más que su propio nombre.

—En… en el castillo de mi padre, que tenía sabios… griegos que me enseñaron a leer, escribir, sacar cuentas y… a bordar y coser.

Levantando las dos manos, Arteaga concluyó:

—Siempre he querido escribir mis aventuras para que el mundo las conozca y saque mucho provecho de ellas. ¡Mañana zarpamos y tú vienes con nosotros!

Los tres marineros que estaban en la mesa dieron voces de aprobación, que Montenegro interrumpió apuntando con el dedo al capitán:

—Pero nada de cosas chanchas. Voy de cronista, no de compañera.

El capitán advirtió a los marineros que «a esta nadie me la toca», y con vozarrón de mando se dirigió al señor que se acercaba a la mesa con una jarra de ron:

—Johan, a ver si tu señora tiene prendas de mujer de veras, ¡que te las compro para la cronista de El Peregrino!

Fue así que Sofía de Montenegro se aseguró la primera de muchísimas aventuras ultramarinas. Sumamente grande fue su agrado de estar en la cubierta del navío cuando se adentró en la bruma del hasta entonces desconocido octavo mar para dar con el también hasta entonces desconocido sexto continente, una colosal isla poblada por bichos de siete cabezas y aborígenes que se comunicaban silbando. De ésta y todas las demás aventuras dejó Sofía un registro minucioso, y cada nueva aventura se editaba a dos columnas y con flamantes tapas de cuero en las prensas de Amberes. Estos tomos recorrieron, tanto en castellano como en sendas traducciones, toda Europa y América, llegando a conocerse incluso en partes de Asia y en todo el Norte de África.

Los lectores esperaban ansiosos que circulara cada recuento de las muy fidedignas aventuras de El Peregrino y su osada tripulación, que bajo el bravo mando del capitán Arteaga lograron dar la vuelta al mundo en varias ocasiones. Fue así que descubrieron un templo con una pagoda de oro macizo cerca de Chiang Rai, apenas lograron escapar con vida de unos gigantes cabezones en la Isla de Pascua, incitaron una revolución en Haití, desenterraron los restos de un minotauro en la isla de Candía y navegaron hasta las fauces mismas del infierno, donde el capitán Arteaga en el momento más luminoso de su carrera le ganó al diablo un duelo de espadas que duró seis horas y aseguró así el regreso de El Peregrino y su gente a los mares de arriba.

Sólo un sitio no llegaron a conocer, que fue el Ducado de Montenegro, a pesar de que mucho lo buscaron. Sofía nunca aprendió a interpretar los mapas ni a manejar el sextante, por lo que jamás supo a ciencia cierta cómo regresar a casa. Tampoco se acordaba bien de sus padres ni tenía recuerdos de su infancia. Con el pasar de los años, cada vez le costaba más recordar el más mínimo detalle de lo ocurrido antes de aquella primera aventura en la que descubrieron el sexto continente. Un día, acomodando algunos libros en un cofre de su camarote, encontró un cuaderno con cuentos escritos a mano y un cilindro negro que seguramente habían conseguido en alguno de sus muchos recorridos. El cuaderno le resultaba de lo más extraño, y aunque pensó en leerlo para ver de qué se trataba, nunca le dio prioridad y terminó olvidándolo por segunda vez. El cilindro negro le pareció una chulería y lo tiró por la borda.

Esto fue por los días en que el capitán Arteaga le propuso matrimonio, poniendo en sus manos y frente a toda la tripulación en alta mar un anillo de oro forjado por los herreros del Olimpo con oro que fundieron de una pepa que el capitán había conseguido en una dudosa transacción en Guayaquil. Ella dio el sí, y ese mismo día, en ceremonia que auspició un teniente que hacía las de sacristán, contrajeron nupcias ante los ojos humedecidos de los marineros de El Peregrino, que en secreto eran unos románticos incurables. El vaivén de las olas fue testigo de aquélla, la mayor de las victorias del capitán Arteaga, y el graznido de alguna gaviota sin rumbo sirvió de acompañamiento musical.

Por esos días vivían la felicidad más grande el capitán y su muy intrépida y erudita esposa, pero de noche, cuando él roncaba y a ella nadie la veía, Sofía se vestía y salía a la cubierta, donde se acurrucaba para mirar las estrellas y respirar a fondo una melancolía difusa, un sentimiento de inmensidad abandonada. En esas noches de desvelo, sólo en esas, se sentía asolada al perderse entre la negrura del mar y el tizne salpicado del cielo.

Cuando llegaron, tras veinticinco años, de regreso al puerto donde se habían conocido, Arteaga y Montenegro decidieron quedarse —ya las articulaciones les pedían cambiar de ritmo—, nombrando a uno de los tenientes como nuevo capitán y dándole una agridulce despedida de lágrimas y sonrisas a El Peregrino, que zarpó para nunca más ser visto por aquellos rumbos. En aquel pueblo vivieron en una casita con vista al puerto, y se dedicaron a la pesca y la venta de alimentos. Con el tiempo llegaron dos hijos, que poco antes de cumplir la mayoría de edad también zarparon en sus propias aventuras para no volver jamás. Para cuando murió el capitán Arteaga, Sofía de Montenegro se había encogido cinco centímetros y caminaba despacio, como trastabillando.

Un día regresaba a casa cargando su caña y un balde vacío, cuando pasó por enfrente de un portón azul del que no pudo despegar los ojos, sin saber bien por qué. No recordaba haberlo visto antes, y sin embargo, le parecía más conocido que sus propias manos venosas. Dejó el balde en el piso, apoyó la caña contra el marco del portón y, extendiendo la mano, lo abrió. Pasó al zaguán, que recorrió enclenque, y al fondo encontró una escalera, que subió un escalón a la vez. Todo lo reconocía, sin saber de dónde, así que no se sorprendió al llegar al piso de arriba y saber por qué puerta entrar.

Siguió hasta la sala de estar. Sobre la mesa, apilados en dos columnas, se escondían bajo una abundante capa de polvo trece libros amarillos. Se acercó a ellos, intuyendo que en ellos se le iba la vida. Recogió uno de los libros —la tapa rezaba *La reina de los caribes*—, y lo limpió con la manga. Al abrirlo encontró guardada, en la página 78, una foto de una elegante señora, de sonrisa blanquísima y mirada pícara, que tenía una niña regordeta en brazos. Un centellazo de lucidez desplegó ante el ojo del recuerdo de Sofía toda una vida en otro lugar, con otras personas y en otro tiempo. La revelación le brotó por las venas y le llenó de aire los pulmones. Sonrió conmocionada, y pensó sentarse en la mecedora para evocar en el invierno de su vida aquella primavera tan distante. Cuando se disponía a hacerlo, sintió de fuera una voz inconfundible: «¡Sofía! ¡Sofía! ¡Sofía!». Sacó la cabeza por la ventana y allí estaba el viejo Arteaga, con las manos haciendo un círculo en torno a la boca para darle volumen a su voz.

—Pero, ¡qué cosa contigo! —le gritó la vieja Sofía sonriendo con socarronería.

—Venga, vamos, que ya zarpa El Peregrino —interpuso el viejo. Sofía, muerta de alegría por reencontrarse con su compañero de fortunios e infortunios no había reparado en los barcos del puerto: allí estaba El Peregrino, tan galante como el primer día. Al verlo, Sofía sintió un cosquilleo en la nuca.

—¿Cómo lo conseguiste? —preguntó desde el piso de arriba

—Nada, que vino solito. Vamos, que nos espera la capitana —insistió desde la calle él.

Sofía dirigió la mirada otra vez hacia El Peregrino, recorriendo su silueta con unos ojos marrones que en nada habían perdido la fuerza de cincuenta años antes. Sobre el castillo de popa divisó la rueda del timón, y con una mano sobre éste, vio certera e inconfundible a la abuela Josefina, quien con una sonrisa de luna veraniega devolvía la mirada a Sofía en su ventana.

Sin dudarlo, zancada tras zancada, Sofía siguió el camino de regreso afuera, tomó de la mano a su compañero y se dirigieron a El Peregrino, listos los dos para emprender las más inolvidables de sus aventuras.

Del café y otros demonios

Seis mil millones de años de existencia no lo habían preparado para lidiar con las encrucijadas de la mortalidad. En busca de sosiego caminaba todos los días hacia la Catedral y se quedaba parado en la vereda de enfrente, observando el lugar santo. Sentía algo pesado en el pecho cada vez que miraba el edificio esplendoroso y misterioso que alguna vez cuidó. Se perdía mirando las torres altas y distantes que ascendían al cielo gris y nublado. Miraba las vertiginosas gárgolas que celosas se aseguraban desde lo alto que ningún impío entrase en el edificio de culto. A veces dirigía la mirada hacia los mendigos que pedían una limosna a las puertas de la misa. Al ver a los mendigos se acordaba de que en ocasiones pasadas los había observado desde las puntas de las torres, apoyado en las gárgolas, y había sentido una intensa curiosidad. Mirándolos ahora desde la vereda de enfrente, le daban casi tanta lástima como la que se daba a sí mismo.

Iba a buscar solaz, pero siempre se alejaba cabizbajo por la misma calle que lo había llevado a la Catedral, con las alas pegadas al cuerpo y atormentado por un sentimiento de culpa que sólo se comparaba con su deseo de regresar al día siguiente por si recibía alguna señal de clemencia divina. Era tan común su peregrinaje que ya los vecinos lo conocían y más de uno le sugirió dejarse de idioteces y quitarse el disfraz. Siempre les sonreía y les decía que formaba parte de una obra teatral que pronto terminaría, asegurándoles que una vez que la misma concluyese no tendrían que preocuparse de verlo pasar por la calle con el tremendo par de alas. A nadie se le ocurrió jamás pensar que esas dos alas blancas y emplumadas que le salían de la espalda por entre dos agujeros mal cortados en su chaqueta roja eran reales. Una vez, tomando un cafecito en un bar de segunda que quedaba a muchas cuadras de la Catedral, se había desperezado y al estirar las alas se extendieron de una pared a otra. La gente del bar estaba tan acostumbrada a verlo que, con la excepción de un niño que le sonrió sin decirle nada, nadie le prestó la más mínima atención.

Eso ocurrió la noche en que conoció a Bello. Salió del bar El Pisotón después de tomarse un café con leche y se topó con Bello, que lo esperaba en la esquina. El hombrecito llevaba un ridículo sombrero de gala, mocasines negros y un chaquetón también negro que le llegaba hasta los tobillos y que siempre estaba abotonado. Se notaba que la barba, al igual que el cabello, no se había tocado con rasuradora alguna en décadas.

—Sé que eras un arcángel —le dijo el hombre bajito a su lado, mientras esperaban que el semáforo les diera paso.

—Me llamo Ángel. ¿Y qué? —le contestó justo cuando la luz cambió a verde y empezaron a cruzar la calle.

—Me llamo Luciano Bello —mintió el de negro—. Sé que eres un incomprendido.

—Lárgate —alzando la voz le dijo Ángel a Bello, el cual quedó mudo mientras Ángel trataba en vano de perderse entre la multitud humana que caminaba sin rumbo por la vereda.

Dos noches más tarde volvieron a encontrarse. Una vez más la conversación terminó con un brusco *lárgate*. Bello se apartaba pero siempre regresaba, una y otra vez. Se le solía acercar antes del paseo que a diario hacía Ángel por enfrente a la Catedral. Ya para la cuadragésima vez que se vieron, Ángel no dijo nada. Estaba sentado con sus alas blancas en un parque viendo a unos niños jugar al fútbol. El vigor de los niños lo hacía recordar aquello que él mismo alguna vez había sido. Bello se le acercó desde atrás y le dijo:

—Por favor, no me eches.

—No te preocupes —replicó Ángel sin mirarlo y con indiferente resignación.

Bello se sentó en la banca de hierro junto a Ángel. Los dos miraron a los niños jugar y finalmente el hombrecito de negro declaró:

—Me gusta ver a los niños reír.

Ángel sonrió.

—Es una pena que Dios no tenga sentido del humor –añadió Bello.

Le resultó fácil a Ángel recordar la ocasión en que se dio cuenta del sentido del humor de su Creador. En aquellos días remotos el Ser Supremo había puesto a Ángel a cargo de la llamada Operación Los Va A Partir Un Rayo. El cielo estaba despejado y hacía un calor de espanto. Ángel se sentó encima de la copa de un árbol para verificar que todos sus ángeles estuvieran en las posiciones indicadas: quince entre los cuatrocientos cincuenta profetas de Baal, uno en el altar de Baal y dos junto al bueno de Elías y su altar. Los quince se aseguraban de que al abrirse la piel con afilados cuchillos, los profetas de Baal no cortaran a algún inocente curioso, de los cuales había muchos en esa ocasión. El ángel que estaba encima del altar, sabiendo que había brazas escondidas es su interior, las apagaba no bien prendían. Los dos que estaban con Elías tenían la función de proteger al profeta hebreo. Elías se mofaba de los cuatrocientos cincuenta profetas falsos que no hicieron más que gritar y desangrarse desde que rayó el alba hasta el fin del día. Al ponerse el sol, Elías cavó una zanja alrededor de su altar y la hizo llenar de agua. Ya entrada la noche los profetas de Baal se encontraban debilitados por la desilusión y la pérdida de sangre. Cuando dejaron de gritar con desafuero y apenas gemían, Elías clamó a los cielos, y fulminante cayó un centellazo más brillante que la luna, acompañado de un colosal estruendo. Los dos ángeles con benigna velocidad extendieron sus alas y protegieron a Elías del rayo justiciero que convirtió el holocausto y el altar en cenizas, a la vez que se evaporó el agua de la zanja. Ángel se dio cuenta al mirar la cara de enojo de los profetas cortados, que Aquél Que Había Orquestado el Estupendo Desarrollo del Incidente poseía un excelentísimo sentido del humor. Se rio tanto que se cayó de la copa del árbol mientras la gente se postraba y alababa a Aquél Que Fue Más Fuerte Que Baal.

Bello no entendió por qué su comentario le causaba tanta risa a Ángel. Sucedía que cada vez que el hombre alado se acordaba de aquella primera gran broma que logró discernir, se reía en voz alta. Ángel miró a Bello y lo vio tan feo que creyó estar seguro de que la cara del hombrecito maléfico era también un reflejo del sentido de humor divino. Bello empezó a incomodarse con la risa contagiosa de su acompañante. Tanto se reía el hombre alto, alado y de cabello blanco que la gente lo empezó a mirar. Uno que otro se rio con él, sobre todo los niños que hasta hacía un momento jugaban sin hacer caso a su entorno. Finalmente el diminuto hombre de negro se paró y marchó echando maldiciones. Ángel también se puso de pie y se rio cuadra tras cuadra hasta llegar a la Catedral. Fue mucho reírse: salió del parque y dobló a la derecha, caminó veinte cuadras, dobló a la izquierda, caminó seis cuadras, cruzó un campo baldío, caminó dos cuadras más, y finalmente subió dos cuadras cuesta arriba hasta estar frente al edificio gris y distante.

Al posar sus ojos sobre la inmensa casa santa se le fue toda la risa. Le parecía mentira que pudiera haber llegado a dar por sentado la presencia divina. En sus cósmicas idas y venidas había visto tantas veces a los celestes seres responsables de la existencia que jamás pensó que fuera tan difícil estar alejado de sus presencias. Vivir en el orbe celestial le había resultado tan cotidiano que jamás se sorprendió de su estado de perfecta felicidad. Y ahora, experimentando perfecta desgracia e inseguridad, anhelaba lo que una vez consideró rutinario. Estaba dispuesto a hacer casi cualquier cosa por sentir que al aletear, sus alas lo llevaran a la velocidad de la intuición desde cualquier rincón de este mundo de porquería hasta la estrella sin principio de días ni fin de años donde moraban los de su especie. Las torpes caminatas, cuadra tras cuadra, doblando a la izquierda, doblando a la derecha, avanzando sin ir a ningún lado, volviendo siempre al punto de partida, lo tenían ensimismado y lleno de añoranzas. Las dos consecuencias que más le dolían del fatídico día en que probó el café eran precisamente el no poder volar y el aborrecimiento propio implacable.

Y desde que conoció a Bello agregó a su lista de dolores el tener que hablar con seres como él, que antes ni se hubieran atrevido a acercársele. El enano barbudo se las arreglaba para emboscarlo en cada parque, adentro de cada restaurante, abajo de cada puente, en cada rincón en que Ángel procuraba hallarse a solas.

Esta visita a la vereda de enfrente a la Catedral no podía ser la excepción. No llevaba Ángel ni cinco minutos observando los contornos sacros cuando Bello se le arrimó por detrás. Antes de que el hombrecillo dijera palabra alguna, Ángel sintió su presencia infernal debido al olor a azufre que despedía de su piel grasosa.

—Lo que te estaba tratando de decir cuando me faltaste el respeto, y no te preocupes, soy muy magnánimo y verás que pronto te he de perdonar, es que si Dios realmente tuviera sentido del humor comprendería que lo que hiciste fue en realidad medio cómico. Un momento de debilidad; te hubiera dado un par de azotes y se hubiera acabado el asunto.

El despreciable comentario de Bello hizo que Ángel recordara una vez más el momento que todos los días se prometía desterrar para siempre de su memoria pero que no podía. A su mente regresó la imagen de la mañana fatídica de hacía dos meses en que lo habían mandado a prevenir que una viga vieja y podrida de una de las casas coloniales cediera y cayera sobre la cabeza de una muchacha que estaba tomando café. Ángel entró por la ventana y se paró bajo la viga. La tocó con el índice y ésta se regeneró, recibiendo sumisamente el repentino mandamiento de una década más de sólido servicio. Ángel miró a la muchacha. Tenía unos dieciocho años, el pelo castaño y los ojos marrones. Ella no tenía la más mínima idea de que Ángel estaba a sus espaldas, salvándole la vida para que dos años más tarde pudiera ella misma salvarle la vida, mediante respiración boca a boca, a un muchachito que llegaría a ser un misionero que, ya en su vejez, viajaría al África y les salvaría la vida a varios niños llevándoles alimentos durante una guerra civil. Uno de esos niños llegaría, a su vez, a ser el primer Sumo Pontífice negro de la historia, quien inspiraría millones a llevar una vida mejor. Claro que, sentada revolviendo el café con la cuchara, la muchacha jamás se hubiera imaginado la importancia crucial de que una viga no cediera.

Ángel la encontró atractiva. En sus seis mil millones de años de existencia había visto deslumbrantes mujeres: la primera hija de Eva, de cuya belleza se habló por siglos; las esposas de los faraones del primer reino, con su piel morena y sus miradas altivas; las concubinas de los emperadores del medioevo japonés, de ojos tan gatunos como sus corazones; las sacerdotisas de los incas, con su reverencia sagrada hacia el sol; y un sinnúmero más que a pesar de su memoria casi perfecta ya casi ni recordaba. En realidad, a Ángel jamás le llamó mucho el placer sensual y su poco interés en el asunto era de carácter casi académico. Había visto a millones de los habitantes de la tierra enfrascados en horas de pasión y nunca le pareció más que una curiosidad.

De todos los placeres del ser carnal, el único que lo intrigaba era el café. Sentía un cierto afecto por la plantita de semillas marrones, ya que durante el revuelo que fue la creación del mundo, él había recibido del Gran Arquitecto la orden de crear la planta de café. Se sentía sumamente orgulloso de su pequeño logro evolutivo. Se había pasado años tratando de idear lo que era, en su opinión, la más hermosa de todos los miembros del reino vegetal. Posteriormente se le hizo halagador que los seres humanos usaran las semillas de su planta para crear una bebida caliente de tanta popularidad. El aroma le resultaba cautivante, y siempre que tenía alguna misión en la tierra, se regalaba un par de minutos de descanso para oler una tacita de café.

De hecho, eso fue lo que más le llamó la atención al mirar a la muchacha: estaba tomando café con leche. Ángel se sentó en la mesa y en vez de estudiar el proceder de la muchacha, como era común entre los ángeles que a diario procuraban descifrar el comportamiento humano, fijó la vista en el café. Hacía casi doce décadas que se le había ocurrido probarlo, pero cada vez que estuvo a punto de hacerlo, el Reglamento Angelical le retumbaba en el cerebro. Uno de los pecados más grandes que podía cometer un ángel era probar comida o bebida alguna, pero aun así la curiosidad lo comía por dentro y el aroma lo enloquecía. Esta vez, al ver a la muchacha llevarse la taza a los labios, se dijo que un sorbito no podía hacer daño. Muchas veces había planeado mentalmente la manera en que probaría el café, y esta vez le pareció más factible que nunca, especialmente porque la muchacha miró su reloj, bajó la taza, y se fue apurada al recordar que había quedado en encontrase con su novio en un parque cercano. Ángel esperó hasta estar seguro de que ella hubiera partido. Usó su ultrasensible sentido del oído para cerciorarse de que no hubiera nadie más en el hogar, y con el corazón latiéndole como nunca antes, la mano temblando y la conciencia gritándole que no, tomó la taza por el asa y se la llevó a la boca. Inmediatamente sintió una explosión a lo que el café le invadía la boca y bajaba por el esófago. Fue un placer inexplicable e incomparable, una sensación tan exquisita que nunca la hubiera creído posible. Tras el primer sorbo, bebió todo el contenido de la taza sin respirar. Al acabar, posó la taza sobre la mesa.

Se sintió algo pesado. Incomodó. Una sensación extraña y desconocida se le originó en el corazón y le bañó todo el cuerpo. La espantosa comprensión de las consecuencias de lo que había hecho lo sacudió con la violencia de una erupción volcánica. Tambaleándose llegó hasta el balcón. Lleno de furia batió las alas, pero por más que lo intentó por varios minutos no logró desprenderse del piso. Exhausto, impotente, se postró y lloró al darse cuenta de que se había convertido en un ser mortal.

—A decir verdad, no fue nada comprensivo —agregó Bello con cizaña.

Obligado a regresar al presente, Ángel repudió a Bello con una simple contestación:

—Lo que me pasó fue la consecuencia natural de mi acto.

—Como quieras, pero hay muchas maneras de reponer el orden anterior.

Ángel no dijo nada. Tan solo mantuvo la mirada fija en la Catedral, tratando de distanciarse del alma podrida que tenía a su lado. No conocía ninguna manera de reverter el proceso, salvo mediante intervención divina, y ésta había que ganársela. Todo aquello resultaba ser un problema monstruoso para Ángel ya que el café le sabía demasiado exquisito como para dejar de tomarlo, cosa que debería hacer si recobraba su inmortalidad. Era la encrucijada que lo hundía en un estado de dolor perpetuo. Estaba dispuesto a casi todo por recobrar la felicidad perdida, pero le costaba demasiado dejar su ritual mañanero, y a veces nocturno, del café con leche.

—Mi Padrino… —comenzó a decir Bello.

—No me interesa —replicó Ángel, cortante.

—Entiendo que mi Padrino tiene mala fama, pero es un tipo bueno. Está dispuesto a permitir que todos cumplan sus deseos. Claro que su operación es por demás costosa. Así que se ve obligado a cobrar de vez en cuando.

—No me interesa.

Bello desestimó el comentario de Ángel y procedió:

—A él le parece algo cómica tu situación, y me dijo que está dispuesto a otorgarte la inmortalidad, siempre y cuando le contestes un par de preguntitas con sinceridad.

Los dos hicieron silencio. Ángel sabía bien que nada bueno podía venir de tranzar con el Padrino de Bello, pero le prometía mucho por muy poco. ¿Qué podría saber él que le fuese de tanto interés al Padrino? Es probable que él tuviera mucho más conocimiento sobre el orden celestial que el Padrino, pero sin duda no sabía nada crucial, nada que pudiera poner en riesgo las operaciones que se llevaban a cabo desde el centro de control.

—Lo voy a pensar —dijo Ángel y se fue, dejando a sus espaldas a un Bello sonriente, de ojos amarillentos y aliento putrefacto.

Caminó derecho por tres cuadras, dobló a la izquierda y caminó tres más. Pensó en subirse a un autobús, pero quedó inmóvil al ver a quien estaba parado en la esquina. Era su viejo amigo Serafín. Los dos sonrieron y tras acercarse, se abrazaron.

—Ángel, hacía tanto tiempo que no te veía.

—Y yo hacía tanto tiempo que no veía a nadie del Luminar Mayor.

Los peatones que caminaban por la vereda se alarmaron al ver a un hombre alado que hablaba solo y abrazaba el aire. En cuestión de dos minutos ya nadie le caminaba por al lado, y si alguien necesitaba atravesar ese tramo, simplemente cruzaba la calle y pasaba por la cuadra de enfrente.

Serafín tenía las alas fuertes y casi brillantes, al igual que una túnica blanca que aparentaba ser de lana. En nada se parecía su vestimenta a la de Ángel, que seguía con su chaqueta roja y sucia, al igual que un par de alas manchadas y atrofiadas por el desuso. Hablaron de todo un poco por un buen rato: los terremotos en Turquía, las inundaciones en Venezuela, la hambruna en el Congo y detalles de misiones particulares para asegurar la supervivencia de la raza humana.

—Me hace bien estar al tanto de cómo van los asuntos. Les extraño bastante.

—Y nosotros te extrañamos a ti —dijo Serafín con toda la sinceridad del universo—. Tengo que irme a Plutón a hacer desaparecer una sonda espacial, pero quería saludarte antes.

Ángel suspiró y preguntó:

—¿Cuándo te veré otra vez?

—No sé —dijo Serafín y extendió las alas—. Pero no te vayas a olvidar de mí, que por más que esté ocupado te recuerdo. Las misiones que otrora llevamos a cabo juntos han hecho historia. ¿Te acuerdas de aquella vez que le dimos una visión a Isaías?

—¿Cómo olvidarme? Tú creaste el efecto visual y yo susurré el mensaje.

—¿Te acuerdas lo que le dijiste? —preguntó Serafín todavía con las alas extendidas.

—Sí: oíd cielos, y escucha tú...

—No, la parte de lavarse.

—Ah, claro, ¿cómo no me voy a acordar? Le susurré: lavaos y limpiaos; quitad la iniquidad de vuestras obras de delante de mis ojos; dejad de hacer lo malo; aprended a hacer el bien; buscad el juicio, restituid al agraviado, haced justicia al huérfano, amparad a la viuda. Venid luego dice Jehová y estaremos a cuenta: si vuestros pecados fueren como la grana, como la nieve serán emblanquecidos; si fueren rojos como el carmesí, vendrán a ser como blanca lana –dijo Ángel con acelerada emoción.

Serafín le clavó la mirada en los ojos a Ángel y declaró con firmeza, justo antes de elevarse y en un santiamén desaparecer:

—No sigas metiendo la pata. Y así la próxima vez que nos veamos, será cuando vengas a avisarme que volviste.

Ángel se quedó sólo en la vereda, con el alma llena de una claridad de pensamiento que no había logrado desde la fatídica mañana en que se llevó una taza ajena a los labios. Entendió la certeza inmutable de la inmortalidad y lo efímero de lo mortal. Supo que todo lo que había vivido desde la mañana negra del café era una ilusión peligrosa y fatal. Se dio cuenta que los demonios que lo seguían venían porque él los llamaba.

Absorto en pensamiento, caminó toda la noche por el laberinto de la ciudad, y justo cuando rayaba el alba se encontró en el puerto. Respiró profundamente la brisa salitre y observó a los marinos maldicientes, las gaviotas procurando el alimento diario, los buques enormes que flotaban como por arte de magia y un horizonte sin descubrir.

Se encaminaba plácidamente hacia una de las oficinas del puerto y percibió, entre el olor a mar y pescado, el hedor del azufre. Se dio vuelta bruscamente y vio que Bello lo seguía. Ángel esperó a que se le acercara.

—Tengo otra propuesta que te resultará más ventajosa —dijo codicioso.

Antes de poder explicar a qué se refería, Ángel le tomó los hombros, lo dio vuelta y, con una fuerza que no sabía que todavía llevaba en su interior, le encajó una patada bestial en las posaderas que disparó a Bello por el aire, poniéndolo a sobrevolar la ciudad, atravesar la cordillera, cruzar el océano y caer de cara en las afuera de Taipéi. Muchos lo confundieron con un platillo volador y un tabloide estadounidense publicó una fotografía de él en el aire, anunciado erróneamente la llegada del primero de los cuatro jinetes del Apocalipsis.

Ángel siguió tranquilamente su recorrido por el puerto lleno de vida y color. Pidió direcciones a varios marineros que ayudaban a cargar los buques. Con integridad de propósito golpeó cuanta puerta encontró hasta que finalmente dio con una de las autoridades portuarias. Era un hombre gordito y de buena voluntad que lo dejó pasar por curiosidad. Sin tomar asiento, Ángel le expresó su deseo de viajar a la Antártida en la próxima expedición que partiera hacia allí.

Algo intrigado, el agente portuario le preguntó cuál era la razón que lo impulsaba a ir a ese austral pedazo inservible de hielo, a lo cual Ángel respondió iluso:

—Es que allá no venden café.

Un sueño de Navidad

Yo ya era grande cuando un gringo que estaba con la Citibank me dijo con toda propiedad que en nuestro país sólo el 23 y 24 de diciembre superaban en ventas al sábado antes del Día de la Madre. No tengo motivos para dudarlo. Desde mi primera infancia recuerdo la emoción de las jugueterías, recintos lustrosos de copiosas y coloridas riquezas en los que magníficamente empaquetados en plástico y cartón los más bellos e inaccesibles juguetes llenaban estanterías hasta el techo y tal vez hasta el cielo, no lo recuerdo. Mis padres sólo me llevaban a la juguetería en diciembre, el 23 o a veces el 24. Mi emoción tiene que haber sido muy transparente, o por lo menos mis preferencias, que yo delataba con los ojos redondos cuando me quedaba rato largo mirando algún robot o héroe salido de la película de moda. Eso sí, no se toca mijito, que el que rompe paga, así que bastaba con quedarse viendo la caja que encerraba el premio más deseado. No faltaba de vez en cuando un «ese se lo voy a pedir a Papá Noel». Al principio se lo pedía a Papá Noel, después a Santa Claus, al final a nadie.

Pedí hasta los diez años, egoísmo infantil del que ahora me abochorno, pero que era apenas el resultado de la enorme confianza que tenía en la palabra de mis padres, cuya bienintencionada embustería jamás habría imaginado. Aquel 24 de diciembre por la mañana llevaba yo a cuestas un cansancio descomunal. Mamá me había levantado temprano, a pesar de que la noche anterior habían llegado de Estados Unidos una tía y tres primos. Nos habíamos quedado despiertos hasta bien de madrugada, los grandes conversando a la mesa y los chicos jugando. Normalmente me hubiese levantado de mal humor un sábado así, pero sabía que íbamos al *shopping*, o más bien, a la juguetería del *shopping*, a la cueva de las maravillas. El largo recorrido en automóvil para llegar hasta allá me permitió despabilarme un poco. Para cuando entré a la galería de la abundancia, se esfumó todo cansancio como el agua que vemos al final de la ruta pero que desaparece cuando nos vamos acercando. El olor a nuevo que empapaba todo, la música navideña en inglés que cimbraba en los parlantes, las personas grandes y chicas que recorrían la tienda con carritos de supermercado a medio llenar o llenos hasta arriba, las diversiones prometidas por los colores y las luces, los juguetes, juguetes, juguetes, todo me embriagó de perfecta lucidez mental. Busqué y busqué hasta que di con la consola de videojuegos de un compañerito de clase. Esa se la iba a pedir a Santa. Papá pasó por mis espaldas y me hizo alguna pregunta extraña sobre el asunto, algo de si los juegos venían con la consola, y siguió, ceño fruncido, tras escuchar mi contestación.

De ahí mamá nos llevó a sufrir a una librería, donde estuvimos oliendo papel por como veinte mil horas mientras mi señora madre ojeaba novelas de tapas aburridas, hasta que llegó papá a rescatarnos. Como pudimos atravesamos el pasillo principal, que parecía una nave de colores y luces y música, inundada de un gentío que se movía mirando todo y cargando bolsas misteriosas rellenas de cajas de mil y un tamaños. En el centro de la nave estaba el autor de mis felicidades decembrinas, jo, jo, jo, representado en un amable muñeco de plástico. Tenía la barba iluminada y la piel reluciente, y en la mano una campana que se movía mecánicamente de derecha a izquierda y viceversa, sin hacer ruido.

Llegamos al auto con las manos vacías, y nos subimos como siempre: papá y mamá adelante, mis dos hermanos menores en el asiento trasero, yo justo atrás de mi padre, quien manejaba ese día. Miré por la ventana la fachada del *shopping*, en la que una estrella de neón adornaba el nombre del centro comercial. Ya expulsado de su maravilloso interior, el sueño perdido la noche anterior me arremetió implacable. Papá encendió el vehículo pero no lo arrancó, ya que una larga fila de coches apenas en movimiento obstaculizaba la marcha atrás. Mamá encendió la radio: un villancico cantaba algo de las campanas de Belén. De a poco, metiendo cuerpo, papá logró sacar el auto. Nadie decía nada mientras él maniobraba. Para entonces, ya el mundo me aburría, a pesar de un sonoro burrito sabanero que iba camino de Belén.

Dejé caer los párpados, y al bajarlos, me encontré en un sitio con aroma a incienso. El olor seguramente emanaba de unas velas finas y largas que, colocadas sobre tres mesas, en realidad no servían para alumbrar aquel cuarto. Era un lugar iluminado gracias a cuatro antorchas —una en cada pared— y un círculo enorme en el techo por el que la luna destellaba su celestial blancura. Allí tres varones se daban encuentro en un ritual milenario. Uno de ellos, fornido y de túnica azul ajustada por unos cordeles dorados, se encontraba hincado. Tenía una larga y lacia cabellera descubierta. Se encontraba ante los otros dos, quienes, vistiendo túnicas y ajustados turbantes blancos que escondían sus cabellos, se mecían levemente al repetir en voz alta frases en un idioma desaparecido de entre los hombres. Además de en su sencillo atuendo, los tres coincidían es su grave expresión, en los ojos hundidos, la piel curtida y las barbas largas que iban formando un cono inverso a medida que se alejaban del rostro. Estaban los tres en el centro de un cuarto apretado, ornamentado apenas con un círculo de once almohadones —todos menos dos tapados con finos paños negros de seda de la India que lucían bordes revestidos de costuras plateadas—. Afuera del círculo estaban las tres mesitas con sus respectivas velas. Bajo una de las mesas, esperaba un cofre pequeño cuyo áspero exterior disimulaba un interior de terciopelo púrpura y una corona de oro labrado.

En palabras que seseaban como el viento del desierto que los rodeaba recitaban la liturgia que proclamaba el orden de los seres seráficos, la historia de la creación antes de la creación y las generaciones de los hombres desde el alba de la historia hasta sus días. Cuando terminaron, el mayor de los dos que estaban parados, un señor de barba plateada como las nubes en las que se refleja el sol al ponerse, salió del círculo de almohadones. Instantes después regresó con el cofre en las manos. Lo abrió y mostró su contenido al otro que estaba de pie. Éste a su vez sacó la corona de oro y, tras hacerla tocar brevemente su seno, la colocó sobre la cabeza del tercer varón. Al unísono, en el idioma que aprendieron de sus madres, los dos que estaban de pie dijeron: «El arder del fuego divino guíe tu camino, mago». El que estaba de rodillas contestó: «Otros sigan su arder hasta este lugar».

Los dos de turbante blanco sonrieron y se sentaron en los almohadones descubiertos. El mayor señaló con el índice un lugar al neófito, quien se llevó las manos al pecho y, reverencia por medio, se puso de pie sin dificultad y ceremoniosamente se dirigió al almohadón que estaba a la izquierda de ellos dos. Recién ahí, sonrió.

—Cada vez son menos los aprendices, y menos los que se hacen merecedores de entrar al círculo de los magos reales —explicó el del medio, un mago de nariz filosa y rostro huesudo, al recién iniciado.

—Yo mismo recuerdo los días en que no había lugares vacíos —añadió el anciano con su voz profunda como las honduras del Éufrates

Un frenazo, que coincidió con un bocinazo estrepitoso y alguna mención genealógica por parte de mi padre, me hizo abrir los ojos. Me sentía extraño, molesto de estar de regreso en el auto. Miré a mamá, que se llevaba una botella de agua a los labios. Acomodé la cabeza en la dura ventanilla, y volví a cerrar los ojos.

Dos de los tres estudiosos de los cielos y las profecías observaban la bóveda negra desde el balcón que para ello habían mandado a construir generaciones anteriores. La plataforma en la que estaban daba a un patio grande, cercado de columnas. Estaba diseñado de modo tal que ninguno de los cuatro lados del edificio proyectaba durante el día sombra sobre un reloj de sol que ocupaba el centro de la plaza interior. Era de noche, y poco les importaba ahora el reloj de sol a los magos. El de menor antigüedad, que sostenía en su mano un astrolabio, giró y regresó al interior del cuarto. Allí otro mago se acomodaba el turbante y miraba perplejo una enorme carta astral que había desplegado sobre una de las cuatro mesas de trabajo. Murmuraba algo de un mapa nuevo del cielo. Tenía agarrada con fuerza una escuadra, que dejó caer sobre la carta cuando vio que volvía su colega. Las paredes estaban cubiertas de estanterías en las que reposaban pergaminos escritos en setenta idiomas a lo largo de mil años. El de menor antigüedad empezó a dialogar con el del medio sobre la posición de un astro nuevo que esa misma noche había aparecido en los cielos.

El mago de mayor antigüedad, el de la voz honda y barba blanca, seguía de pie en el balcón, brazos cruzados y pies separados. Proyectaba el alma a través de los ojos hasta aquella estrella desconocida, cuya luz destellaba desde el horizonte hasta clavarse en los ojos del sexagenario. Su rostro resplandecía y la barba le brillaba, como iluminados por la aparición sideral. Firme en aquel balcón, oía sin escuchar la conversación de sus correligionarios, que a su espalda no se percataban de la fijación del mago principal. Finalmente, sin mover la cabeza, llamó a los otros dos, que habían puesto en otra mesa uno de los pergaminos más antiguos y trataban de interpretarlo. Los dos levantaron la cabeza y, desde el interior de aquel salón de trabajo, a través del umbral de la puerta vieron la estrella brillando sobre el hombro derecho del otro mago. Dejaron el pergamino en la mesa y salieron al balcón, donde el anciano susurró un «…tanto esperar…» casi imperceptible.

—¿Hermano? —dijo reverencialmente el de menor antigüedad.

—Partimos mañana al ponerse el sol

Los otros dos magos se miraron, y tras un momento de duda, el del medio se expresó:

—¿Mañana?

—Esta noche calculamos la trayectoria que debemos seguir y la distancia del viaje —dio por toda explicación el mayor.

Entonces fue el menor el que se mostró sorprendido:

—¿Y los preparativos…?

—Durante el día hacemos preparar todo lo que sea necesario, desde los vestidos hasta los presentes —agregó, siempre con los ojos clavados en la estrella—. El arder del fuego divino nos guiará.

Entreabrí los ojos y vi que estábamos regresando a casa, creo, por una avenida muy transitada: autos apretados por todos lados, velocidades cambiantes, bocinazos por aquí, frenazos por allá, esperas en los semáforos. Me acomodé y miré pasar los comercios intercalados de apartamentos dispares. Pasamos por una esquina donde había una tarima en el patio de un edificio antiguo sobre la cual un heno bien acomodado servía de escenario para un pesebre viviente. Furtivamente alcancé a ver un señor barbudo de túnica color mostaza que, sosteniendo un báculo nuevo, miraba a una dama de reluciente vestido blanco. Ella llevaba la cabeza tapada con un chal celeste y tenía en brazos un bebito inquieto y de pelo bien negro. Atrás de ellos estaban de pie cuatro niños con alas de papel y túnicas también blancas. Llevaban aureolas de alambre. Y creo que cantaban. Había otras personas, aunque no las recuerdo bien. Yo seguía con pesadez en los párpados. Al entrecerrar los ojos, aquel pesebre se mezclaba con arena y brisa de otra parte.

Para los viajeros, Belén sería siempre aquella noche inmortal: las estrellas refulgentes y la luna redonda de una noche despejada, el vaivén imperturbable del andar de los fieles camellos, la ondulación de las colinas rocosas llenas de pastos silvestres, la brisa en ráfagas que llevaban el olor del ganado, los pastores silentes vigilando las ovejas que balaban de cuando en cuando, la mirada escudriñante de esos mismos pastores sorprendidos al ver llegar la insólita caravana, la comunicación que no pudo ser ni en el idioma de los judíos ni en el de los persas y que tuvo que darse en griego, el brillo en los ojos de aquellos hombres de campo, el entusiasmo de uno de los pastorcitos más chicos que ofreció guiarlos hasta la casa en que los padres y el recién nacido esperaban la purificación.

El mago de mayor antigüedad iba primero detrás del pastor que los llevaba a destino —un muchachito flaco, de cabellera sucia y manos ásperas cuyos pies descalzos conocían cada recoveco de aquellas lomas—. Tras el mago principal iban los otros dos. El pastorcito descendió con la caravana hasta un caserío empobrecido de senderos irregulares y casas de piedra y barro. El mago más nuevo observaba las cabras y las gallinas y los burros que dormitaban entre las paupérrimas viviendas y empezó a dudar de la guía del humilde lugareño. El otro mago, el del medio, aguzaba el oído en busca del llanto de algún bebito, pero no escuchaba más que su propio andar. Recorría con la vista cada habitación, y se preguntaba cómo podía encontrarse en este lugar Aquél a quien buscaban. Casi todas las casas se presentaban obscuras, como presagiando una muerte. El mago que iba a la cabecera recordaba el recorrido que habían hecho hasta este lugar y atesoraba todo en su pecho: las jornadas nocturnas para resistir el calor, los silencios contemplativos al andar en los camellos, los dormires diurnos en carpas para reponerse del rendidor paso que llevaban, las conversaciones al salir el sol, la comida cruda y fría para no llamar con fogatas la atención de los ladrones, la amistad robustecida hasta hacerse más fuerte que la muerte misma y la noche que ahora compartían los tres. El pastorcito se detuvo frente a una casa tan insignificante como las otras, una más del montón, y con el dedo señaló la puerta de madera que estaba ya cerrada. El mago principal chasqueó y su camello se hincó para que el jinete se bajara. Una vez con los pies firmes en el suelo, el mago revolvió el interior de los bultos que cargaba en la montura para sacar un cofre de marfil finamente labrado. Tras unos segundos de vacilación, los otros dos también revisaron sus bultos. Con sus presentes en mano, los tres magos de oriente se aproximaron a la puerta. El pastorcito curioso observaba que conversaban en un idioma que él no entendía.

—Hermanos, ¿no estáis un poco nerviosos? Tanto viajar y aquí vinimos a dar… —comentó uno, a lo que otro asintió con un discreto movimiento de cabeza.

El más antiguo estiró el puño para tocar a la puerta, pero titubeó. Miró a sus compañeros, les sonrió y dijo: «No lo estén. Ahora entiendo que para esto hemos nacido». Y golpeó la puerta.

No sé cómo supe que estábamos llegando a casa, pero me desperté sabiéndolo. Una mirada a mi alrededor lo confirmó: papá estaba fuera del coche corriendo el portón negro del estrecho garaje destechado que teníamos al costado de la casa, mamá me estaba moviendo la pierna (para despertarme, supongo) y mis hermanos ya se bajaban por la otra puerta. Abrí mi puerta y me bajé del vehículo, siguiendo a mis hermanos hacia el interior de la casa. Adentro estaba mi prima cruzada de piernas en el sillón mirando una película viejísima en la que un reno de nariz colorada trabajaba en un circo. Largó una risita alegre y algo dijo en inglés, idioma que nunca aprendí. La tía apareció al pie de la escalera que llevaba al piso de arriba, al de los dormitorios. Segundos antes mis hermanos se habían esfumado por ese mismo espacio. La tía le preguntó a mi madre, que venía a mis espaldas, cómo nos había ido. No recuerdo qué le contestó mamá. Cuando rumbo a la cocina pasé al lado de mi tía, me preguntó qué quería que me trajera Santa Claus.

—Nada —murmuré encogiéndome de hombros y seguí, sin mirar reacciones. Atravesé la cocina, ese corto corredor adornado por un horno y una mesada de un lado y por una heladera y una pileta del otro. Le abrí la puerta a papá, que con la dificultad de siempre llegaba hasta la puerta caminando de costado entre el auto y la pared. Me tocó la cabeza al entrar, y yo me quedé sin saber qué hacer. Me senté en el auto y cerré los ojos, pero ya se me había ido el sueño.

Tenía yo diez años. Aquella Nochebuena se comió muy bien, y a medianoche aparecieron los regalos debajo del árbol, como siempre, cuando estábamos afuera mirando los fuegos artificiales. Una semana después, recibimos el flamante año en un restaurante con orquesta en vivo. El cinco de enero llevamos a mi tía y sus tres hijos al aeropuerto. (Nunca más los volví a ver, aunque muy de vez en cuando algún correo electrónico cruzo con la tía.) A la mañana siguiente comprobé que los reyes no habían pasado por casa: ya nadie los esperaba. Pero desde entonces, cada cinco de enero, espero a que se duerman todos, sigilosamente me deslizo hacia afuera, les dejó agua y pasto a aquellos enormes dromedarios por si van con hambre o sed, y satisfecho regreso a la cama.

Rumbos de tierra

114

Matter of M-P-

Tal vez porque en calidad de intérprete me toca sentarme junto al acusado, intuitivamente rechazo a la fiscal. En la otra mesa, ojea una revista y bebe Coca-Cola de una botella de plástico mientras espera que el juez dé inicio a la audiencia. A pesar de parecer despreocupada, su presencia es imponente: exhibe la confianza tajante de una figura alta y esbelta, tiene la nariz respingada, mentón de ángulos marcados, cejas finas y ojos marrones grandes.

Afuera cae la nieve en copos livianos y se deposita callada en una gruesa capa estéril que cubre coches, techos, árboles, césped, todo. Adentro hace calor, pero no por la calefacción sino porque somos muchos y atestamos el pequeño cuarto rectangular que sirve de tribunal. Me da la impresión de que estamos en el interior de una caja de zapatos blanca.

De un lado de la caja hay dos bancas de madera repletas de gente. Aun así no entramos todos. Varias personas esperan de pie su turno. Ante ellas se sienta el juez en un estrado de roble barnizado, respaldado por el gigantesco emblema del Departamento de Justicia, un águila que, posada sobre un escudo estadounidense, sostiene doce flechas y una rama de olivo, rodeada de la máxima *Qui pro dominia justita sequitur*. El magistrado me agrada, tal vez por su plateada cabecera y digna túnica negra que le inviste un aura de anciano venerable.

Es mi primer día de trabajo, y estoy atento mientas que uno por uno los acusados se sientan a mi lado. El juez les lee las acusaciones, que invariablemente son la de haber entrado el país de forma ilegal o haberse quedado una vez que se venció la visa, y religiosamente se declaran culpables. Entonces empieza el tire y afloje: el abogado defensor alega que las circunstancias permiten regularizar la situación del acusado, la fiscal del Departamento de Seguridad Nacional de los Estados Unidos corta todo argumento defensivo como con una espada incandescente, subiendo la voz, extendiendo su interrogatorio como quien regaña a un niño: con firmeza altanera y sin dirigirles la mirada. Inevitablemente el juez da orden de deportación, haciendo que con cada audiencia deteste yo un poco más a la mujer de la mirada de picos de hielo. Me llego a preguntar si tiene la capacidad física de siquiera sonreír.

Llevamos más de dos horas de audiencias cuando el juez toma una de tantas carpetas azules y, leyendo por encima de los lentes de cromo que usa, pronuncia el nombre de una acusada, trastabillando casi con cada sílaba, lo que lleva a la casi irreconocible desvirtuación del buen nombre de la señora. Por fortuna la acusada, una anciana de rostro impávido y surcado, está acompañada de un joven abogado que entiende más de derecho que de buen vestir. Éste reconoce enseguida el nombre de su clienta y le indica con la mano que les ha llegado la hora. Ambos están en la banca más lejana al juez. Entre el juez y esas bancas colmadas de gente hay dos mesas, una para el acusado y su abogado y otra para la fiscal. La señora y su abogado se ponen de pie y se dirigen hacia mi mesa. Ella se sienta justo a mi lado, y el abogado, con su moña amarilla y camisa roja disimuladas por el traje gris, más cerca de la fiscal.

El juez, voz de barítono a la medida de su oficio, se dirige al abogado de la canosa mujer junto a mí: *–Does your client need an interpreter?*

Como la respuesta es que sí, comienzo a cumplir mi función. Susurro en español todo lo que se dice en inglés, tratando de no agregar ni quitar nada de la conversación que se sucede con vertiginosa velocidad. La señora inclina la cabeza hacia mí y se dedica a escuchar sin levantar la mirada.

El abogado explica, de piernas cruzadas y con una mano sobre la mesa, que lo único que procuran es que el tribunal aplace la audiencia para la siguiente fecha disponible; es decir, hasta dentro de ocho meses. Con mesura indica que de momento su clienta no cuenta con bases legales para impedir la orden de deportación, pero que es inminente que se apruebe la residencia legal del hijo, y una vez el hijo tenga los papeles en regla, la madre podrá ser reclamada por él. Cuando el juez le pregunta hace cuánto el hijo puso la solicitud de residencia, el abogado explica que ya ha pasado un año y medio, así que se esperaba que le llegara en cualquier momento la regularización.

El juez, con el emblema del departamento haciéndole de aureola, vuelve a tomar la carpeta en sus manos y empieza a buscar algo entre las muchas hojas que forman el mazo de documentos presentados por las dos partes. Lo único que se escucha en el tribunal es el ras ras de las hojas. Frunciendo el ceño, el magistrado levanta la mirada y pregunta a la fiscal si ella se opone.

Percibo, con secreta preocupación, que la pregunta es una mera formalidad. La fiscal da dos golpecitos con el bolígrafo sobre los apuntes que con frenesí estuvo creando y con un movimiento brusco del cuello se acomoda el cabello. *Yes.* Pasa a argumentar que la ley no exige que el tribunal espere por tiempo indefinido hasta que surja algún tipo de recurso legal al cual aferrarse, que no le corresponde al magistrado generar su propia ley, que lo único que puede hacer él es presidir una audiencia para determinar qué recursos legales hay en ese momento y punto. El abogado defensor posa con cautela las manos sobre su mesa y alega que aplazar la audiencia es un asunto que queda a plena discreción del tribunal.

Con voz impávida interpreto la decisión del juez que tras expresar su razonamiento indica que no va a pasar la audiencia para una fecha posterior, que ya hace más de un año que se la viene postergando y que no ve justificativo legal para seguir con aplazamientos. Estoica, la señora deja de reclinarse hacia mí y mira al abogado. La fiscal, por su parte, cesa de tomar notas. El juez agrega que las opciones que tiene son dar orden de deportación o permitir la salida voluntaria de la acusada.

Se hace silencio.

—¿Eso no se puede apelar? —pregunta la señora al abogado, quien habla un excelente español a pesar del fuerte acento.

—La orden de deportación sí, pero la partida voluntaria, no.

La doña se lleva la cartera al pecho y dice: —Quiero eso, lo que se puede apelar.

—*Your Honor, my client would like to be ordered removed, so she can appeal to the BIA.*

Vuelvo a mis deberes de trujamán cuando el magistrado explica a la acusada que si él da orden de deportación, lo más probable es que la apelación no dé en nada y que igual tenga que irse del país, en cuyo caso, al haber sido deportada, no puede regresar hasta que pasen diez años, pero si abandona el país voluntariamente, podrá regresar antes, tal vez cuando su hijo se haga ciudadano y la reclame. La doña se muerde el labio inferior e indica que no con la cabeza. El juez le pregunta si está segura de lo que quiere, a lo cual ella asiente.

—*Do you understand that you will be barred from future forms of relief if I do this?*

Antes de que yo pueda interpretar, ella le dice a su abogado: —Yo no me puedo ir. No tengo un veinte. A mi edad allí no voy a conseguir trabajo. ¿Cómo me voy a volver? No. Hay que apelar.

—*Your honor, my client wishes to be ordered removed so there can be an appeal.*

El juez vacila y le vuelve a preguntar si entiende las consecuencias de una orden de deportación. A la mujer se le humedecen los ojos y no dice nada. La fiscal mira al piso. El juez procede a explicar que quiere que ella y el abogado salgan al pasillo por unos minutos a conversar sobre el asunto hasta que el magistrado los mande a llamar. Ella se seca con el dorso de la mano una lágrima que se le escapa caprichosa. Su abogado se pone de pie y ella también.

El juez inicia la siguiente audiencia.

Han pasado ya unos veinte minutos y el alguacil, manos sobre el cinturón, sale al pasillo a buscarlos y les indica que ha llegado el momento de continuar con la audiencia. Vuelven a los mismos lugares de antes y yo comienzo mi labor de salvar la barrera idiomática.

—*Well, did you have a chance to talk?*

—*Yes, Your Honor.*

Han decidido pedir partida voluntaria. El juez afirma con la cabeza y procede a pronunciar el fallo. Yo lo interpreto, pero la compareciente tiene la mirada ida, su rostro sin expresar nada y las manos cerradas sobre un pañuelo húmedo y arrugado. Siento frío. Supongo que afuera sigue nevando, tal vez con más fuerza que antes.

Catarsis caminera

No se me ocurre momento peor para ponerme a decir esto, pero como bien sabes, las equivocaciones son lo que mejor me sale, porque me sale todo a destiempo, todo. Lo curioso es que lo que ahora me va saliendo aparentemente bien he intentado decírtelo, pero me han fallado las palabras; éstas se me truncan y me ahogo ante las ideas, tal vez por causa de mi cobardía. Pero ahora es distinto y no temo a las consecuencias, quizá porque ya las cartas están echadas y aquí no queda más que hacer confesiones.

No puedo cerrar los ojos para imaginarte ni mirar al asiento del copiloto en busca de tu imagen, pero no necesito hacer nada de eso, porque te tengo grabada justo en ese lugar que apenas se deja ver, juguetón, en sueños. No necesito mirarte para tener presente tu sonrisa disimulada, tu mirada pensativa, tus labios que me recuerdan al durazno o tu sensibilidad tan callada, tu fuerza interior.

Entiendo que te parezca ridículo que justo ahora, cuando voy manejando a pedirle la mano a mi novia, justo ahora se me ocurra soltar la lengua. No te preocupes por ella, que jamás se enterará, ya que lo que en estos momentos te digo, nunca saldrá del automóvil. Lo que sucede es que cualquier otro momento será tardío, y la carretera me aburre. Curioso elixir para el aburrimiento es éste de la sinceridad encontrada.

Claro que no tienes necesidad de adivinar de qué se trata. Ya a esta altura, casi 200 millas después de haber empezado el viaje hacia Las Vegas, sabes por donde viene el asunto. Los caminos largos y monótonos suelen ser propicios para pasear por la autopista del recuerdo, y espero me acompañes, a tu manera y en tu momento. Por ahora, quisiera tan sólo llevarte a ver rincones que jamás viste antes, escondites que para verlos hay que ver lo que vi, vivir lo que viví. Es cierto, nadie conoce mi vida salvo yo y los seres celestes, pero consiénteme en que te tome de la mano —aunque sea sin sacar las mías del volante— y te lleve a la luz de los destellos de lo que me llega ahora como fuerte eco de vivencias pasadas.

No estoy seguro de a qué altura comenzar el recorrido, y aunque parezca que se trata de mí, todo esto te tiene como núcleo gravitacional, así que ven, te muestro cómo te convertiste en quien, literalmente, me quitara el sueño. Se podría decir que lo nuestro, y espero estés de acuerdo, comenzó un día en que estaba yo en la pequeña cocina del departamento de Denver hablando por teléfono con mi prima, quien estaba en la Ciudad de México por causa de su marido que desde que se unió al servicio secreto batalló toda suerte de males en esta vida, como el narcotráfico mexicano y el fanatismo religioso iraquí. Ella me habló de ti, una amiga de las clases de aeróbicos que viajaba a Estados Unidos, y me pidió que viera si podía conseguirte un lugar al que llegar. Me mencionó pasajeramente que ibas a empezar un posgrado. Sin duda fue cosa del destino la que hizo que terminaras siendo mi vecina. No vale la pena tratar de computar la posibilidad de que en ese momento estuviera vacante el departamento que quedaba justo al lado del mío.

Ya aquí el camino te debe parecer conocido: te fui a buscar al aeropuerto y de a poco nos hicimos amigos, con una conversación acá, un baile allá, uno que otro convivio de domingo. Esto me hace pensar en esa vieja polémica de que si existe la amistad entre el hombre y la mujer. Supongo que puede existir, aunque lo dudo, porque si bien comenzamos como amigos que tenían intereses y actividades en común, las confidencias generaron una conexión muy íntima, y un buen día, me desperté pensando en ti. Recuerdo que por aquellos días me gustaba Beth o tal vez la peruana Ana María, y me tuviste mucha paciencia, posiblemente demasiada, cuando me aparecía frente a tu puerta en mis horas de quebrantos emocionales. Yo acudía a ti para contarte mis desventuras, no por ser insoportable, sino porque me encantaba que me invitaras a pasar para desahogarme, y en esas noches devastadoras de mis desamores trágicos hablar contigo me llenaba de paz. Ya por aquellos días empezabas a convertirte en bálsamo, y no lo sabías.

Espero que recuerdes todavía esa noche en que tuve la valentía de ser franco contigo, y conmigo mismo, en el lugar y el momento menos oportunos. Aquella no fue una noche como esta, tan nublada y sin novedad, sino que fue una de esas noches de parranda que de vez en cuando se nos daban con los amigos. Fue medio irreal, especialmente al considerar que a nadie se le ocurre declarar su querer en una taquería callejera, de madrugada y con el sudor ya seco de haber bailado por horas; pero mientras platicábamos con los amigos y nos reíamos de chistes malos me di cuenta de que te quería, no como a una amiga, sino como a una mujer. Fue por eso que sin premeditarlo, medio abrupto y torpe, más por el resultado de un arrebato feliz que de una táctica calculada, te tomé de la mano y sin trombones te dije que me gustabas. Tampoco fue calculada tu reacción, esa risa acompañada de un imperecedero: «No manches».

Después siguieron varias conversaciones en las que te reiteré mi querer, a veces con flores, a veces con abrazos no correspondidos, a veces con cajas y cajas de chocolates. En cada encuentro con sutileza me tratabas de disuadir explicando con pudor que los amigos son amigos, que no hay que confundir el afecto fraternal con el amor romántico, que no hay que arriesgarse a perder la amistad.

Nada parecía batir tus murallas, y admito que fue con una mezcla de desgana y alivio que acepté la noticia que me diste de que regresabas a México gracias a un contrato de trabajo de dos años con opción a una extensión indefinida. En ese momento decidí por lo más seguro: seguir con mis asuntos, colocando la frustrada tentativa contigo en la kilométrica lista de mis fracasos amorosos; total, con el tiempo no te convertirías en más que una breve anotación de un nada ilustre historial afectivo.

Podría hacerte varios comentarios sobre mis nada notorias aventuras en esos dos años que estuviste lejos, pero te invité a recorrer de mi mano el camino del recuerdo, así que avancemos sin desviarnos en diagonales. Mejor es que hagamos un alto en lo que fue el diciembre feliz de mi excursión a territorio mexicano. Creo que otra vez fue cosa del destino, porque no entraba en mis cálculos la invitación de mi prima a pasar las fiestas con ella y su marido en la Ciudad de México, pero acepté sin vacilar. Viendo lo que sucedió a raíz de ese viaje, me quedo con la sospecha de que mi prima, dotada de una abundante porción de intuición femenina, sabía lo que se venía.

Hice el viaje sin saber siquiera si te vería, y sin preocuparme demasiado por el asunto. Pero recuerdo la ocasión en que te volví a ver, unos pocos días después de haber llegado a México, esa ciudad de plomo en el aire que sofoca en verano y desespera en invierno. Llegaste vestida como toda una profesional a visitar a mi prima, y me sorprendió verte.

En algún momento me cruzó por la mente la posibilidad de reavivar la llama que yo había apagado sumariamente, pero jamás lo consideré con seriedad. Hasta que llegó esa noche en que me llevaste a un rústico restaurante cuyo nombre se me olvidó ya, en el que saboreé unas sorprendentemente deliciosas enchiladas verdes y descubrí lo que ahora sentías por mí. Tengo grabada en la retina la forma en que me lo decías, bajando la mirada al plato y sólo alzándola para asomar una sonrisa tímida de vez en cuando. Creo poder vislumbrar la cara de genuina sorpresa que seguramente puse ante tu sorprendente cambio de parecer, bueno, por lo menos para mí. Supongo que fuiste sintiendo algo por mí de a poco, y principalmente por el hecho de estar yo ausente, como suele suceder. También me viene al recuerdo el abrazo callado y largo que nos dimos cuando me dejaste en casa de mi prima esa noche.

Se volvió a repetir el abrazo cómplice a la siguiente noche, justo el día antes de que te fueras a Cuernavaca donde estaba tu familia para las posadas. Tras una cena de despedida me dejaste en casa, y francamente, no estaba seguro de qué decirte antes de bajarme del coche. Sabía que esperabas que te dijera que yo también sentía por ti lo que la noche anterior me habías dicho en confidencia que llevabas en tu corazón por mí. No recuerdo bien los detalles de lo conversado dentro de aquel carro azul frente a la casa de mi prima, pero recuerdo haber experimentado algo que en lo personal me resultó sin precedentes. Tras evitar toda la noche tocar el tema de lo que me habías dicho, te abracé para despedirme, y experimenté una sensación de pertenencia tal que, ya lo recuerdas, fue inevitable el roce los labios, el beso contenido. Algo me sucedió en ese momento para lo cual no creo haber estado preparado: un cálido ardor nació justo en el centro de mi pecho y se esparció como la luz de una llama hacia todo mi tórax, iluminando incluso tenuemente mis brazos y mis piernas. Ahí supe lo que era realmente sentir. Sentir por alguien. Sentir con alguien. Tal vez por eso fue que por primera vez pude besar con el cuerpo y el espíritu.

Y aunque pasamos toda la noche en ese carro, con el amanecer te fuiste a Cuernavaca, y yo, claro, con mi prima y su marido festejamos la Navidad en la capital. Al otro día me subí a un avión y volví a las gélidas tierras del norte, a cumplir con las obligaciones laborales y demás asuntos obligatorios.

Y entonces lenta e imperceptiblemente se empezó desvanecer todo, casi en el momento mismo en que empezaba el amorío. Entiendo que te hayas sentido sola y menospreciada, especialmente a la luz de que te ofrecieron extender el contrato en la Ciudad de México. Optaste por presentar la renuncia y te volviste a mudar aquí, otra vez cerca de mi departamento, pero esta vez siendo mía. No entiendo por qué, si fue porque dejaste todo por mí o qué, pero te empecé a dar por sentado. No supe valorar nada, ni tus tarjetitas caseras ni tus apodos infantiles ni tu paciencia al sufrir en silencio mis indiferencias. Con vergüenza confieso que me fui aburriendo, y te comencé a sentir más como una responsabilidad que como una dicha. Con el tiempo te convertiste en un ítem más de mi ocupada agenda. Por eso empecé a frecuentar menos tu departamento, a hacerte llamadas más breves y a buscar excusas para no salir. En ese estado de apatía fue que tomé la decisión irreversible.

A casi dos años del fatídico día en que te anuncié que estaba acabado lo que alguna vez tuvimos, estoy en condición de decir que mi fracaso contigo fue el error más grave de mi vida. Y no fue error de los dos; fue mío. Todo lo que debí hacer y no hice, todo lo que debí valorar y no valoré, todas las atenciones que no tuve contigo, siempre fue todo mi culpa. De ello no me di cuenta ni siquiera en la noche en que te dejé sollozando con demasiada dignidad como para tratar de disuadirme. Ahora, con la mirada fija en la carretera desértica y el cielo nublado, me doy cuenta. No supe querer, y en este momento lo lamento hasta con fastidio.

Y el recorrido por el sendero de los recuerdos llega aquí a su fin porque lo que pasó después de esa noche poco te importa. Te ruego, por tanto, que me permitas explicarte algo que tal vez sí te importe, algo que tiene que ver con cómo he llegado a lamentar tan grandemente el haberte dejado. Después de terminar la relación, en lugar de pensar en volver a ti, por hábito me puse a buscar alguien más con quien compartir todo lo que de otra forma hubiera vivido a tu lado. Encontré muchachas buenas de corazón grande dispuestas a quererme, pero cada vez que con una de ellas me abracé o besé, volvía a mí el recuerdo de lo que sentí junto a ti, y concluía que seguía prisionero de tu sombra. En las madrugadas de solitario desvelo, cuando no había testigos, me permitía recordar tus abrazos. En esas noches en que el calor veraniego me obligaba a abrir la ventana sentía que nunca me había alejado de ti, que encajaba entre tus brazos perfectamente, que para estar allí existía yo en el mundo.

En las noches del invierno siguiente comencé a tramar reconquistarte de a poco, volviendo a establecer en primer lugar la amistad perdida y después la conexión desaparecida en la época de nuestro distanciamiento. Opté por la cautela, lo cual parece haber sido errado, ya que un mal día te fui a visitar y estabas acompañada de un tipo bajito y con cara de sapo mojado a quien me presentaste como tu novio. Siempre supe disimular bien, y aunque fui cordial con él y contigo, se me desbarató el castillo de naipes, y al regresar ofuscado a mi departamento tuve celos, o enojo, en fin, una frustrada impotencia.

Fue así que decidí tratar de asegurarme una novia, más por despecho que por otra cosa. Intenté con más de una, pero todas me parecieron poca cosa, hasta que una vez que viajé a Las Vegas con unos amigos conocí a una mesera de un TGIFriday que me agradó por su espontaneidad y juvenil carisma. Me arriesgué ahí mismo, cuando le entregaba la tarjeta de crédito para pagar y frente a la mira atónita de mis amigos, a invitarla a salir. Quedó trabada, pero supongo que por aventurera me dijo que sí. No entraré en detalles de cómo llegó a enamorarse de mí, pero a lo largo de los siguientes meses me entregó su corazón sin reservas y sin más condición que corresponderle su querer.

Decidí aprender de mi error contigo. Por eso no la voy a dejar desvanecerse en el horizonte. No quiero que de aquí a algunos años me resalte con burlona ironía la gravedad de mis yerros repetidos con ella después de haberlos vivido contigo. Eso me motiva a pedirle que me acompañe toda la vida, pero te confieso en la sagrada intimidad de este vehículo en nocturno movimiento que en el fondo algo me desespera. No la vida con ella… sino la idea de que no haya futuro entre tú y yo, que un tipo cualquiera te aleja por siempre de mi vida, que tal vez jamás te vuelva a ver y, si es que te vuelvo a ver, que no seremos más que dos extraños que una vez hicieron una breve pausa uno frente al otro y con un «así es la vida» siguieron por senderos distintos.

¿Pero qué más da? De nada sirve todo esto. Esta noche hago una confesión ineficaz que no tiene más propósito que abrir por unos minutos apenas la nave principal de la catedral de mis heridas. Tal vez lo hago porque el viaje es largo, o porque llueve y la autopista se ve gris, o porque nunca me he animado a decírtelo, o porque se me hace necesario la catarsis de pronunciar todo esto y sentirme libre de todo secreto.

O tal vez porque es tarde, y voy solo.

Martes a media mañana

Es martes a media mañana y los acusados se sientan taciturnos durante la sucesión de audiencias preliminares, presentaciones de cargos y pronunciamientos de sentencias que hacen de este martes uno como cualquier otro en el tribunal de Oren, una ciudad pequeña con un juzgado modesto.

Preside un juez de poca cabellera —y ésta canosa—, ojos saltones y mentón bien definido. Su túnica es de un negro brilloso que le cubre toda la vestimenta excepto el nudo chueco de una corbata azul y el cuello de una camisa roja. Está en un sitio privilegiado dentro del juzgado, ya que lo separa de los demás un estrado de madera que le sirve de tarima para ver desde lo alto a todos los presentes. En este momento escucha la explicación que le hace un abogado parado tras un podio ubicado delante del juez; éste con la vista recorre a los presentes.

Observa que las tres filas de bancas están repletas, todas personas diferentes, uno que otro convertido ya en viejo conocido del tribunal. Tal es el caso de un tipo negro y cuarentón que tiene cierto aprecio por la velocidad, cosa que lo lleva en reiteradas ocasiones a presentarse aquí. Aparece siempre bien vestido, y en las últimas dos ocasiones, con un libro en mano para pasar el rato. El juez advierte que esta vez lee lo que parece ser *Tuesdays with Morrie*, libro que hace tiempo el juez quiere leer pero que no ha podido por las exigencias de su oficio.

Cuando el abogado termina de hablar, el juez mira al acusado y pronuncia la sentencia: condena de seis meses de cárcel suspendida y multa de 2.500 dólares con intereses más un sobrecargo de 35 dólares. Mientras el acusado y su abogado se retiran con el «muchas gracias, su señoría» de rigor, el juez abre la carpeta de la siguiente causa y llama al individuo correspondiente.

Se trata de un hombre excesivamente flaco y muy alto, con la cabellera rubia recortada al estilo militar. Se acerca al podio vistiendo un traje de estreno que, según observa en silencio la actuaria, no le queda nada mal. La actuaria es una señora pasada de años y de peso que hace tiempo se arrepintió de no haber estudiado derecho. Está convencida de que no le hubiera quedado grande eso de ser fiscal, pero a esta altura ya la calmaron los años. Ahora se contenta con sentarse de espaldas al juez, frente a un monitor plano conectado a una computadora. Se pasa las audiencias tecleando ferozmente los datos de cada causa y llenando casi sin respiro formulario tras formulario para que los acusados se lleven copia de las órdenes del señor de la túnica negra.

Se presenta el abogado —quien es, casualmente, el mismo abogado de oficio que va a manejar trece causas más hoy— y asimismo se presenta el acusado.

A medio metro de ellos el fiscal ni siquiera levanta la mirada. Con la mano izquierda cierra la carpeta de la audiencia que acaba de concluir y la desliza hacia un costado; con la derecha recoge una carpeta más de la pila de 84 expedientes que trajo esta mañana. Está sentado en una silla acolchada que acompaña a una mesa de madera barnizada. Sobre la mesa hay dos micrófonos (que registran cada sonido emitido para que conste en acta), un libro de tapa blanda (que en sus más de mil páginas abarca el código penal en su totalidad), un jarro metálico lleno de agua, varios vasos desechables y las 84 carpetas, una por cada causa. En silencio comienza a repasar rápidamente los hechos de fondo presentados en el parte policial.

Por su lado el abogado defensor anuncia que ha llevado a cabo prósperas negociaciones con la fiscalía y que ambas partes han acordado una resolución. El juez observa el reloj de la pared; marca las 10:05 de la mañana. El fiscal está dispuesto a reducir los cargos originales a cambio de que el acusado se declare culpable, ventajoso acuerdo que evitará el costo y ajetreo de ir a juicio. El acusado no dice nada y el fiscal se pone de pie.

El juez vuelve a recorrer a los presentes con la mirada. Advierte que hay tres personas que él considera hispanos, pero no se atreve a adivinar si hablan inglés. Lleva la mirada hacia una fila de sillas bastante cómodas que corresponden al personal del juzgado. Ve que allí están la agente de la Oficina del Régimen Probatorio y el intérprete, aquélla tomando apuntes y éste leyendo una revista en español. Deduce que por lo menos uno de los tres hispanos no habla inglés, suposición elemental y por demás acertada. Sucede que el de bigotes todavía no se maneja en inglés; el sin bigote y de abundante cabello negro se comunica en un inglés con acento pero bastante claro; y el de la cabeza rapada y nuca tatuada no sabe nada de castellano, excepto algunas frases sueltas que recuerda de su niñez.

Ya el abogado defensor va por la parte en la que le corresponde explicar que ha repasado concienzudamente con el acusado sus garantías constitucionales. Levanta un documento impreso que explica uno por uno los derechos del acusado y que además deja por sentado que éste los entiende y renuncia a ellos a fin de proceder a la pronta resolución del asunto.

El alguacil recoge la hoja, se la alcanza al juez y vuelve a su lugar. Es un tipo fornido, que lleva un cinturón grueso en el que porta, entre otros tesoros, un aerosol irritante y una pistola Smith & Wesson de nueve milímetros. El cinturón es negro, al igual que las botas todo terreno, el pantalón de corderoy y la camisa de manga corta. Lleva abrochado sobre el bolsillo derecho de la camisa un escudo dorado que le sienta bien a un rostro cuya severidad se ve acentuada por un cráneo que parece lustrado. Nadie imagina que el alguacil está casado, con tres hijos, y que en este momento piensa en cómo hubiese salido *Hips Don't Lie*, el último video de Shakira, si lo hubiera dirigido él.

—¿Tenemos hechos de fondo que justifiquen la declaración de culpabilidad? —pregunta en inglés el juez y observa al fiscal.

El fiscal explica que según el informe policial, el acusado se irritó con su esposa, la golpeó y trató de sofocarla con una almohada. Sentada a espaldas del fiscal, en la segunda de las bancas para los concurrentes, una diminuta mujer se lleva la mano a las sienes y cierra los ojos. Tiene la piel cobriza, detalle que el juez había observado pero que no lo llevó a concluir que fuera hispana, aunque efectivamente lo es. Hace años que ha dejado atrás el Perú: ya habla bien inglés (aunque con acento) y se viste como toda una señora de Oren. Lleva un pantalón vaquero no muy ajustado, una blusa celeste recatada y un sencillo bolso de cuero sintético.

Considerando que hay hechos de fondo para condenar al acusado, el juez pregunta a las partes si desean proceder con el pronunciamiento de la sentencia. Tanto el fiscal como el abogado defensor asienten, por lo cual el juez pregunta si está presente la víctima. La muchacha de la blusa celeste se pone de pie. Conforme las instrucciones del juez, se acerca a la mesa de la fiscalía y procede a explicar de qué forma el delito cometido la ha afectado:

—Sí, señor juez. Primero que nada, permítame decir que si yo estuve de acuerdo con que redujeran los cargos a perturbación del orden público es porque ya quiero acabar con esto y seguir con mi vida. Yo hace un año y medio me he casado con este hombre y ya me estoy divorciando. A la semana de la boda, él me golpeó por primera vez. Me prometió que iba a cambiar, así que seguí con él, pero siempre me golpeaba más y más, y siempre me prometía y yo le creía. Una vez, me golpeó y me fracturó mi brazo y me tuvo que llevar a la emergencia, pero les ha dicho que ha sido un accidente, que me he caído. En otra ocasión, me ha botado a la calle de noche desnuda. Fue una humillación demasiado grande —y se le quiebra la voz—. Ya una vez que me quiso matar con la almohada fue que hui a casa de mis padres. Él siempre me hacía promesas pero también me amenazaba de que iba a llamar a inmigración para que me deportaran a mis padres y a mí, pero ya me salí y hemos tenido que cambiarnos de casa, cambiar de trabajo, de teléfono —y se seca las lágrimas—.

Se hace silencio y el caballero de tez negra, que ya no lee, piensa *qué animal, ojalá que vaya preso, seguro lo violan.*

El juez agradece a la víctima y agrega, sonriendo por única vez en toda la mañana:

—Por favor tome asiento. Me gustaría que se quede para escuchar la sentencia.

En aras de la total imparcialidad, el juez da al acusado la oportunidad de pronunciar algunas palabras si lo desea. El tipo entra a alegar que no todo lo que dijo ella es cierto, pero que está dispuesto a proceder para dejar esto atrás.

—¿No le fracturó usted el brazo? —pregunta el juez reclinándose en su sillón.

—No—. Y ella abre la boca desconcertada.

—¿La tuvo que llevar al hospital?

—Sí.

—¿Y no tenía ella el brazo fracturado?

—No, era un moretón porque se tropezó—. Y ella se lleva la mano a la boca para taparse el llanto.

—¿Es cierto que la botó a la calle desnuda?

—No—. Una señora de brazos abultados y cabellera teñida de rubio que está sentada al lado de la diminuta muchacha la abraza y le susurra al oído que todo saldrá bien.

—¿La boto a la calle o no?

—Bueno, sí, pero era para que no nos peleáramos más.

—¿A qué hora del día fue eso?

—Eran como las diez.

—¿De la mañana?

—De la noche.

—¿Cuándo fue esto?

—En febrero—. *Pleno invierno*, piensa la agente de la Oficina del Régimen Probatorio

—¿Estaba desnuda?

—No.

—¿Qué tenía puesto?

—Su ropa interior.

—Mentira —susurra en español la muchacha.

El juez deja escapar una bocanada de aire y sigue:

—¿Estaba calzada?

—No me acuerdo—. El intérprete, que ya dejó la *Newsweek* en español piensa *¡Ah, sí, claro!*

—¿Trató usted de sofocarla?

—No recuerdo. Estaba un poco tomado.

El juez suspira, frunce el ceño y pregunta al abogado defensor si quiere agregar algo más. Se trata de un abogado que lleva quince años ejerciendo, cuatro de ellos ante este mismo juez. Consecuentemente sabe que en vez de tratar de justificar las acciones de su cliente es preferible señalar que en las negociaciones con la fiscalía han decidido recomendar conjuntamente que no se imponga encarcelamiento ni multas sino un año de libertad probatoria.

—¿Quiere el Estado que se escuche su voz? —dice el juez, repentinamente consciente de que todos los presentes tienen la vista sobre él.

El fiscal se pone de pie. Como para agregar suspenso al asunto se abotona el traje. Es un traje verde, de chaqueta cruzada, que se mandó a confeccionar con un sastre de primera calidad y baratísima mano de obra en Afganistán el año pasado cuando estuvo allá con la Guardia Nacional durante su período de servicio militar en la lucha contra los talibanes. Finge una tosecita, y acto seguido expone que efectivamente el acuerdo entre las partes contempla que se coloque en libertad probatoria al acusado. Recomienda además que se le mande a hacer un curso de control del temperamento. El juez se apoya sobre los codos y junta los dedos.

—No me encuentro obligado a seguir esa recomendación. Voy a imponer las penas máximas que la ley me permite ante este cargo reducido. Caballero, usted va a ir preso hoy. Va a cumplir una condena de noventa días de cárcel y pagar una multa de 1.800 dólares con intereses más 35 dólares de sobrecargo. A mi derecha está la platea del jurado. Siéntese ahí hasta que lleguen de la prisión a buscarlo.

El alguacil observa al condenado tomar asiento y piensa: *Cuando lo espose para que se lo lleven le voy a apretar las muñecas para que le duela.*

La muchacha le sonríe a la señora que la consoló y se seca las lágrimas con el índice. Se pone de pie y sale apresurada de la sala. Por primera vez, desde aquella paliza a los siete días de casada, se siente en paz.

El que fuera su esposo la mira seriamente. Sus ojos parecen fríos, delatando un odio puro y dominante que le oprime el corazón. Ver a esa mujer partir le provoca un desprecio mezclado con asco.

Una hora después se lo llevan esposado de muñecas y tobillos a la cárcel del condado. Cumple su condena y queda libre exactamente a los tres meses. Cuatro días después, a las 5:30 de la madrugada de un sábado como cualquier otro, la migra tumba la puerta de la casa donde vive la peruana con sus padres y se lleva a los tres.

El enamoramiento

Le ocurre a Lucho Valdés, justo a las seis de la tarde con 57 minutos y tres segundos de un viernes 7 de julio de un año que no importa, apenas tres minutos y un segundo después de haberse sentado en la tercera fila de sillas de la conferencia que está por empezar.

Tal vez por ser viernes y tal vez por tratarse de una conferencia de superación, no hay casi público. El salón tiene una melancolía propia de las cuatro personas que, además del conferencista, están en el salón, esparcidas entre unas treinta sillas que, está demás decirlo, quedaron sobrando, hecho que es claramente evidente a la luz de tanta iluminación eléctrica que los organizadores consideraron esencial para crear un ambiente que disponga al mejoramiento individual. Es verdad que no han terminado de llegar los concurrentes, que falta la quinta persona, una muchacha como cualquier otra, de cabello castaño común y corriente, flaca como la mayor parte de las chicas de veinticinco años, con ojos tan cotidianos como el café y sin ninguna particularidad que la distinga a primera vista de cualquier otra joven que pudiera entrar con un poco de timidez a un lugar desconocido y frío, no porque la calefacción esté apagada, sino porque los presentes irradian un aburridor desaliento. Se puede argumentar que son misterio las razones, o los motivos, que han traído a los cinco a este lugar, y es éste el momento apropiado para dejar de divagar y admitir que no nos interesa saber nada del conferencista, ni de las otras tres personas que allí están sentadas, porque esta historia es de a dos, o tal vez de a tres, como más adelante se verá. Pero no nos distraigamos, que son las 6:56:50; Lucho oye unos tacos de madera delatando que una mujer entra a la sala, así que da vuelta la cabeza para ver de quién se trata y al mirar el rostro de la recién llegada se dispone a volver la mirada hacia delante, pero en ese preciso momento ella dice con un perfecto acento andaluz: «¿Es aquí la conferencia?». Son las 6:57:03; Lucho se ha enamorado.

Y cuando el amor llega, llega, así que no vale la pena pedir explicaciones ni tratar de hacer deducciones porque si bien podríamos echarle la culpa a algún astro o a algún rasgo sicológico producto de cierto trastorno infantil, de nada servirá ya que nuestras conclusiones inevitablemente acabarán en error porque no hay más explicación que la sencilla realidad: cuando Lucho escuchó esa voz decir: «¿Es aquí la conferencia?», se enamoró. Tan poderoso es esto de enamorarse que en este caso tuvo la facultad de cumplir con el propósito del conferencista sin que él siquiera abriera la boca, y aunque es verdad que el señor dicta lo que tiene anticipado, poco importa lo que dice porque Lucho ya está curado de todos sus males, gracias a una voz que dirían los poetas, nació con el sino de mecer las almas afligidas, pero nadie es poeta acá, por lo que bastará con observar que la voz trasformó a Lucho, quien en realidad ni presta atención al conferencista que con ahínco alborota las manos para explicar quién sabe qué. No, Lucho no escucha nada de eso porque está absorto en el eco que le da vueltas en la cabeza haciéndole olvidar por completo que hasta este día se ha pasado las noches masticando soledades y tratando de ahuyentar inseguridades mediante la estratagema de hacer que los parlantes del televisor razonen a toda voz pregonando las noticias del día, es decir, las falsedades del momento. Sí, Lucho ya se ha olvidado por completo que su equipo de fútbol pierde todos los fines de semana, que no sabe bailar, que está pasado de peso, que gana una miseria, que ha abandonado los estudios y hasta que se le pasó por completo el terrible temblor titubeante que hasta el día de hoy siempre ha sentido cada vez que le ha dirigido la palabra una muchacha atractiva, situación que no solía darse porque ellas sólo le hablaban, como mucho, para pedirle la hora, y él jamás inició una conversación con ellas, total, de nada servía, pero todo eso dejó de importar el momento en que Lucho escuchó la voz de Ariadna.

Si Lucho se entera de que Ariadna asiste a la conferencia motivada por el interés, a decir verdad, por el interés en el conferencista, que además de elocuente es apuesto y soltero, no le habla a la muchacha que para él todavía no tiene nombre aunque sí voz. Pero no se preocupen; a Lucho ni se le ocurre. No bien el conferencista recibe los últimos aplausos, más entusiastas que los primeros que recibió, por cierto, cuando dictó su primera conferencia, Lucho se pone de pie y con el paso firme se dirige hacia la muchacha de la voz, que nosotros sabemos su nombre pero Lucho lo ignora por el momento. Ya se lo pregunta, y a lo que ella lo pronuncia, Lucho siente un poquito de vergüenza al tener que darle el suyo, tan de todos los días, tan falto de presencia mitológica, que Lucho se llama el verdulero de la esquina y Ariadna se llama alguna noble dama de la mitología griega que seguramente tuvo un cantito andaluz. A pesar del marcado contraste de sus nombres, se ponen a conversar, y tan amena les resulta la charla a ambos que Lucho da un alegre salto a un territorio para él desconocido, y sin la más mínima dubitación la invita a tomarse un helado, no mañana o pasado sino en ese momento, cosa que Lucho nunca ha hecho antes pero que le sale muy bien ya que ella accede y hasta deja escapar una sonrisa, aunque no sin antes despedirse ella del conferencista, despedida que aunque breve deja en evidencia que él conocía a la muchacha y viceversa, porque tras el beso en la mejilla se expresan mutua alegría de verse e incluso se prometen llamarse, promesa que, aunque nos encantaría declarar falsa o verdadera, debemos dejar sin comentario, porque cualquier observación que se hiciese sobre la promesa delataría el desenlace de todo esto, y mezquinamente, robaría la historia de un poquito de magia.

Ahora bien, antes del desenlace, Ariadna y Lucho caminan cuadra y media hasta una heladería sin lugar para sentarse y que ostenta un empleado aburrido y diez sabores de helado en una ventana justo debajo de un cartel pintado a mano que anuncia a los transeúntes el nombre tan importado del local, *Il Gelato Italiano*, y a mucha honra, a pesar de que lo importado es el nombre, no el helado, porque desde las vacas hasta el cajero, pasando por un sinnúmero de intermediarios que llevaron la lactosa bovina de las urbes de un ganado anónimo a las bocas de Ariadna y Lucho, todo fue nacional, nada importado, salvo el nombre, como ya dijimos, pero no fue el nombre lo que llevó a este par a la heladería sino el afán de conocerse mejor —o mejor digamos «de conocerse», a secas, porque en realidad no se conocen—, afán que en el caso de Lucho es tan intenso que ya se imagina que los dos llegan a viejos y se mudan a vivir a un pueblito montañoso imposiblemente llamado San Jerónimo de Nuestra Señora de Todos los Santos Ángeles del Sacramento del Paraíso Terrenal de Nuestro Señor de las Alturas, o sea, San Jerónimo, lejos del ruido mundanal y cerca del trino de las celestes aves, pero eso sí, con antena parabólica para ver el fútbol, y si es posible, cerca de los hijos y de los nietos. Mientras Lucho piensa en esto, Ariadna piensa en que prefiere el helado de chocolate al de vainilla.

Una vez que terminan los helados, hablan por tres horas de lo vivido y obrado, hasta que les cae la noche. Ambos intercambian números de teléfono, iniciativa de Lucho, y se despiden, iniciativa de Ariadna, para partir cada uno por su lado.

El siguiente acontecimiento importante de esta historia ocurre dos días después, y no omitamos, por la importancia de lo que vamos a relatar, lo que no estamos relatado, a saber, que en este lapso Lucho anduvo distraído en el trabajo, como ido, dándose cuenta de cosas que jamás le habían llamado la atención, como lo lindo del manchón mal lavado de café que quedó atrás del mostrador en el que atiende él, ni omitamos que en este lapso Lucho logró besar a Ariadna, en un momento de incomprensible valentía, cuando la llevó a visitar a sus abuelos paternos, que tenían una casa chiquita pero hogareña, con árboles y una parra que Lucho le mostró a Ariadna, y fue bajo esas uvas maduras mezcladas con hojas verdes y vigorosas, que él le colocó las manos en la cintura, rozándole los labios, con suavidad al principio y con explosiva intensidad después, justo antes de despertarse con una sonrisa contagiosa y una calidez hasta ahora desconocida por Lucho. Tampoco omitamos que en este lapso Ariadna, por su parte y no en sueños sino en la vida real, se encontró ocupadísima por distracciones de la misma índole pero de distinto carácter. Todo eso importa, y ya habrá quién le descubrirá más valor del que acá se le da, pero en fin, a lo que vamos es que el domingo Lucho levanta el teléfono y llama a Ariadna, esperanzado de que ella esté esperanzada de que él esté esperanzado de que ella esté esperando la llamada de él. Ariadna contesta apenas después del primer timbrazo porque está leyendo justo al lado del tubo un cuento de Horacio Quiroga, y se ponen a charlar como amigos de años, como hermanos muy unidos, como quienes no tienen ninguna preocupación en este mundo.

Pero a Lucho sí le preocupa algo, en particular, el lograr que Ariadna salga a dar una vuelta con él al zoológico. ¿Por qué al zoológico? Bueno, porque en la heladería Ariadna se pasó hablando de un San Bernardo que tiene en la casa que es tan noble como enorme y que a todos sirve de juguete felpudo, así que a Lucho se le ocurrió la idea ingeniosa de llevarla al zoológico, que por un asunto de lógica parece el paso seguro a seguir porque si a Ariadna le gustan los perros, le gustan los animales, y si le gustan los animales, le gusta la naturaleza, y lo natural es que le acabe gustando el muchacho de poco nombre que pensó en las derivaciones más insólitas para concluir algo que ojalá se cumpla en el caso de ella, o por lo menos eso espera él.

«Sí».

Lucho tartamudea —«por inseguridad», dirán los más observadores, pero no nos parece sabio remitir ese juicio— cuando le pregunta para asegurarse de haber oído bien: «¿Cómo?».

«Que sí, que me encantan los animales, y además no conozco el zoológico», explica Ariadna para deleite de un Lucho que se ve una vez más transportado por una dulcísima voz que si fuera fuerza natural lo impulsaría hacia las nubes porque sería más fuerte que la gravedad, aunque a esta fuerza natural se la puede burlar por un tiempo pero no por siempre, o si no, pregúntenle a los aviones que con tanta holgura despegan rugiendo a lo león gigante para inevitablemente tener que resignarse a lamer la tierra otra vez, ya sea porque se quedan sin combustible o porque de un manotazo la gravedad los revienta contra montaña, selva, desierto o mar, según la tragedia, observación toda ésta que nada tiene que ver con el relato, así que evitemos las distracciones y volvamos a lo que interesa, sí, volvamos a la táctica salvaje que utiliza Lucho, salvaje por alusión al zoológico, no a la personalidad de los protagonistas.

El único inconveniente es que el día del zoológico, y lo llamamos así no porque no nos acordemos de qué día de la semana es sino porque no nos importa, el día del zoológico Lucho llega emocionado del trabajo (aclaremos que en qué trabaja no importa, pero como ya habrá algún curioso que si no sabe no duerme, aprovechamos este paréntesis para dejar constancia que Lucho es empleado público del Registro Civil y que se pasa las ocho horas en la caja cobrando por trámites que le resultan tan tediosos como la vida sin Ariadna, aunque ahora que se pasa el tiempo recordando su encantadora voz, las ocho horas le parecen cuatro y, en este día que llega emocionado del trabajo, le parecen dos). La emoción es porque en contadas horas va a estar otra vez con Ariadna, que a esta altura ya le parece más bella que Afrodita y prudente que Atenea. Pobre Lucho. No imagina que hoy se va a quedar con las ganas, porque cuando llega a su pequeño apartamento ubicado en un cuarto piso de una esquina céntrica tan común como corriente, ve que en su máquina contestadora hay un recado, ni más ni menos que de Ariadna, quien en realidad no es ni Afrodita ni Atenea, disculpándose porque no podrá ir al zoológico y explicando que le ha surgido una oportunidad que no puede pasar por alto ya que el conferencista —¿se acuerdan de él?— la ha llamado para una entrevista de trabajo y como ella hace cuatro meses que no trabaja, no puede desperdiciar la puerta que se le está abriendo, así que no va a poder ir al zoológico, aunque la idea no le desagrada. Por lo bello de la voz, Lucho está convencido de que lo que la máquina le canta es verdad, sin sospechar que hay personas, sean varones o mujeres, que son expertas para decir medias verdades cuando necesitan excusar comportamientos poco decorosos, como lo son la mayoría de los incumplimientos. Aun así, se desanima un poco y se pone a ver televisión, aunque es más bien una estrategia para no sentirse solo: por lo menos la tele hace ruido.

Por el momento está desanimado, pero no vencido, y mientras el televisor reproduce imágenes tan falsas como las esperanzas de los pobres, Lucho comienza a maquinar nuevas estrategias que él espera le resulten en no sentirse abandonado, porque a la larga, Lucho es como todos los seres humanos y alberga tantos miedos como inseguridades, siendo el miedo a la soledad uno de los principales pavores, impulsado tal vez por el deseo nato que todos llevamos de evitar el tedio, consecuencia inevitable de la soledad que nos puede atacar, incluso, cuando vemos las noticias, así las veamos más por escuchar ruido que por enterarnos del desalentador acontecer de la actualidad. Por eso es que Lucho escoge una de varias estrategias, descartando las flores, por ejemplo, y se dedica a nutrirla hasta perfeccionarla al punto de convencerse que logrará su meta de volver a verse con Ariadna. Porque cuando estuvo con ella se olvidó de todos sus pesares —desde la mancha de humedad en el techo que todas las noches le perturba el sueño porque queda justo encima de la cama, hasta los atroces estallidos de espectaculares explosiones causados por bombas que aterran a pueblos lejanos y ameritan treinta segundos en el informativo de las diez de la noche—, y ese olvido es difícil de olvidar, en particular cuando la esencia del recuerdo cimbra con el encanto de una voz tan celestial como melódica, por todo eso que aunque es poco es a la vez mucho, Lucho decide que no dudará en gestar otro encuentro, y efectivamente, no dudó, por lo que, tras dejar pasar dos días con tres horas y exactamente dos minutos (para que no se le acuse de acoso), vuelve a levantar el teléfono.

Contesta ella con la voz inconfundible que ha cautivado a Lucho, y para él todo es un cauteloso éxtasis. Comienzas una conversación feliz, por lo menos en un principio, y lo es porque Lucho no sabe que desde el día en que la entrevista sirvió de pretexto para no cumplir con un compromiso que ante otra alternativa carecía de encanto, Ariadna se ve a diario con el conferencista, quien ya a esta altura tiene un papel preponderante en el desenlace de esta historia que podría tener un millar de epílogos pero que no los tendrá porque ésta es la historia de todos, detalles más, detalles menos, y por eso cada cual imaginará su propio epílogo. El que Ariadna se vea todos los días con el conferencista, individuo para nosotros anónimo pero para ella muy conocido, no quiere decir que no considere a Lucho un tipo entrañable, de risa contagiosa y charla muy amena. Es más,

Lucho le inspira a Ariadna una confianza descomunal, al punto de que aunque no lo conoce bien, no dudaría en confiarle casi todo si es que se da la situación, y suponemos que se podrá dar, pero no nos enteraremos, por lo menos no en este relato, ya que lo que en este momento incumbe es saber de qué conversan. En este instante conversan acerca de temas sin importancia, de una película tan mala que fue todo un éxito taquillero, de lo caro que es una entrada al cine, de lo poco que ganan los maestros, de lo difícil que debe de ser enseñar a los niños de hoy en día, de que no estaría nada mal tener hijos. Así sigue la conversación, con el vaivén de las olas, hasta que de forma muy natural, Lucho le dice a Ariadna que precisamente mañana empieza la feria del libro, importantísimo acontecimiento cultural que servirá de paseo para los aburridos y de excusa para los pretendientes y las pretendidas. Tal vez porque no pretendía aburrirse, Ariadna se entusiasma con la idea de ir. Lucho, triunfante, se sonríe y alegre ofrece recoger a Ariadna en su Fiat Uno, chiquito pero fiel. Ella agradece la gentileza, pero concluye: «Mejor dime dónde queda y te veo allí porque no necesito que me lleves. Voy con mi novio».

Y así, exactamente a las 5 de la tarde con trece minutos y nueve segundos de un martes cualquiera, tan repentinamente como no se pudo haber previsto, empezó el desenamoramiento, melancólico y solitario proceso que será mejor la esencia de una novela y no de este cuento.

Nota sobre el autor

Gabriel González Núñez es oriundo de Montevideo, Uruguay, y actualmente forma traductores en La Universidad de Texas en el Valle del Río Grande. Como cuentista, ha publicado varios cuentos en revistas digitales e impresas. Varios de los relatos que se editan en el presente tomo fueron reconocidos en certámenes literarios: en 2012 recibió el Premio Platero del Club del Libro en Español de la ONU en la categoría cuento por «El viaje que no se dio»; con «El puñal» fue segundo accésit del Premio Enrique Labrador Ruiz 2008 y con «El hecho me fue relatado» fue finalista del X Concurso Literario Gonzalo Rojas Pizarro. Como poeta, es autor del poemario *Ese golpe de luz* (FlowerSong Press 2020) y el plaquette digital *El ciclo / The Cycle* (Center for Latter-day Saint Arts 2020). Como autor de libros para niños, ha publicado ocho álbumes (Penguin Random House Uruguay 2019, 2020, 2021), con dos más que saldrán a luz en 2022.

En internet tiene blog: GabrielGonzalezNunez.wordpress.com.

En redes sociales, se lo puede encontrar en:

Facebook: EscritorGabrielGonzalezNunez

Twitter: GGonzalezNunez

Instagram: EscritorGabrielGonzalezNunez

«Un pedacito de cáscara de manzana» se publicó originalmente en La Marca Hispánica. 2000. Provo: Universidad Brigham Young, págs. 30-34.

«El enamoramiento» se publicó originalmente en La Marca Hispánica. 2007. Provo: Universidad Brigham Young, págs. 13-20.

«Matter of M-P-» se publicó originalmente en Ventana Abierta. 2008. Santa Bárbara: Center for Chicano Studies, Universidad de California, págs. 46-48.

«El puñal» se publicó originalmente en Círculo: Revista de Cultura. 2009. Nueva Jersey: Círculo de Cultura Panamericano, págs. 199-204.

«El viaje que no se dio» se publicó originalmente en Galería. 2012. Ginebra: Club del Libro en Español de las Naciones Unidas, págs. 2-4.

«El último refugio de la noche» se publicó originalmente en Entre Líneas. 2013. Miami: Publicaciones Entre Líneas, págs. 20-22.

«slaveofthevampire.myblog.com» se publicó originalmente en Narrativas. 2014. España, págs. 53-55.

«El partido sin fin» se publicó originalmente en Punto en Línea. 2016. Ciudad de México: Universidad Nacional Autónoma de México.